KB184164

비밀스러운
심부름

별하약방

비밀스러운
심부름
별하 약방
최미정 장편동화
홍선주 그림

차례

1
백정 아이 동구

파도는 쉬지 않고 철썩거렸다. 뭍까지 사람을 실어 나르는 돛단배가 물결에 몸을 맡긴 채 가볍게 흔들렸다.

"배가 곧 떠나요. 어서들 타요."

뱃사공이 목청껏 소리를 높였다. 장복상이 봇짐을 등에 메고 앞장서 가자 동구도 자기 덩치만 한 커다란 짐을 짊어지고 그 뒤를 따라갔다.

동구는 열두 해를 넘길 동안 방고도를 떠난 적이 없었다. 백정의 신분으로 섬을 나갈 때는 허락을 받아야 했고 허락이 떨어져도 육지를 오가는 일은 아버지 장복상과 동기 형이 맡았기 때문이다. 동기 형은 큰아버지 내외가 다른 백정촌으로 이사를 가면서 동구네 집에서 같이 살게 되었다. 이번에는 동기 형이 고뿔에 심하게 걸려 드러눕는 바람에 동구가 육지 구경을 할 수 있었다.

돛단배가 육지에 닿을 때쯤 한눈에 다 담을 수 없는 풍경이 동구의 눈앞에 펼쳐졌다. 머리를 길게 땋아 내린 청나라 사람, 기모노를 입고 짧은 걸음을 걷는 일본인 여자들……. 난생처음 보는 광경이었다. 말로만 듣던 사람들을 실제로 보니 눈을 뗄 수가 없었다. 그때 누군가 동구의 어깨를 치고 지나갔다. 노랑머리 외국인 소년이었다. 한참을 멍하니 보고 있자니 소년도 동구를 몇 번이나 힐긋 쳐다보고는 골목으로 사라졌다.

"뭐 하는 거냐? 어서 따라오지 않고."

복상이 들고 있던 짐을 잠시 내려놓고 동구를 불렀다.

"아버지! 너무 신기해요."

"흐흐, 녀석. 처음 봤으니 그럴 만도 하지."

복상이 흐뭇하게 웃었다.

"무겁지 않니?"

복상이 동구가 든 짐을 눈으로 가리키며 물었다.

"괜찮아요."

동구는 육지 구경으로 설레는 마음 때문에 땀을 흘리면서도 짐이 무겁다는 생각은 조금도 하지 않았다. 복상은 부둣가를 천천히 걸어서 장터로 들어갔다. 주문한 고기를 배달할 곳이 그 안에 있는 모양이었다.

그때 길게 뻗은 선착장에 배 한 척이 닻을 내렸다. 곧 일본인 한 무리가 쏟아져 나왔다. 그들은 긴 칼을 차고 나막신을 신고 딸깍거리며 저잣거리를 빠져나갔다. 장터 사람들이 서로 눈치를 보며 피하기에 복상과 동구도 책방 처마 밑으로 몸을 피했다.

"요즘 조선을 찾는 왜인들이 부쩍 늘었군."

책방 주인이 멀어져 가는 일본인들을 살피다가 책에 쌓인 먼지를 털었다.

"조선에서 나는 것들을 헐값에 가지려고 저러는 게지."

유기장이가 짊어지고 있던 지게를 내리며 말을 받았다. 지게에서 그릇이 미끄러져 가볍게 부딪히는 소리가 났다.

"나라님은 무얼 하시나요?"

복상이 끼어들었다.

"나라님이 말려도 소용이 없다지 않나. 오히려 왜놈들이 더 큰소리를 친다네, 글쎄."

"대체 어디서부터 잘못된 것인가? 알다가도 모를 일일세."

유기장이가 다시 지게를 지고 장터를 빠져나가자 복상도 짐을 꾸리고 길을 나섰다. 그 뒤를 동구가 말없이 따라갔다. 길을 걸으며 동구는 커다란 증기선이 뿜어내는 까만 연기를 한참 동안 바라보았다. 그 연기가 마치 동구 자신은 가 보지 못한 어느 곳에서 불어오는 큰 바람 같았다.

장터는 동구가 처음 보는 새로운 물건으로 가득 차 있었다. 굴뚝이 난 다리미, 재봉틀, 뿔테 안경이 시선을 끌었다.

"저기 주막에 가서 막걸리 한 사발 해야겠다. 너는 시장 구경이나 하고 오너라. 멀리 가지는 말고."

배달을 마친 복상이 동전을 찔러주며 말했다.

"네!"

동구는 뛸 듯이 기뻤다.

"시장 구경하다가 돛단배 타는 곳으로 갈게요."

"늦지 않게 와야 한다."

복상이 단단히 주의를 주었다. 돛단배는 하루에 딱 두 번 방고도에 배를 대기 때문이었다.

동구는 장터를 돌다가 떡집 앞에 멈췄다. 몇몇 아이들이 멍하게 서 있는 동구를 밀치고 앞으로 나서더니 큰 소리로 말했다.

"거봉 할배 떡 주세요."

그러자 텁수염을 짧게 자른 거봉 할배가 돈을 받고 떡을 팔았다. 아이들이 떠나고 동구도 아이들이 했던 것처럼 큰 소리로 거봉 할배를 불렀다.

"거봉 할배 떡 주세요."

"너는 처음 보는데."

"저기 방고도에서 왔어요."

거봉 할배가 떡과 거스름돈을 내주며 말했다.

"백정이냐?"

"네."

동구는 거봉 할배의 이맛살이 살짝 좁아지는 것을 보았다. 동기 형에게 육지 사람들은 백정을 무시하고 천하게 생각한다는 사실을 들었던 터라 심장이 조여드는 것 같았다.

잠시 후 까만 뿔테 안경을 쓴 신사가 떡집 문 앞에 그림자를 만들며 나타났다. 신사가 움직일 때마다 파란색 줄무늬 넥타이도 함께 움직였다.

"보통학교 교장 선생님 아니십니까? 이런 누추한 곳도 다 찾아 주시고."

거봉 할배가 굽신거리며 신사를 맞았다.

"아이들한테 줄 떡을 좀 주문해도 되겠소?"

교장은 딱 보아도 일본인이었는데 오랫동안 조선에 살았는지 말하는 투가 마치 조선 사람 같았다. 교장의 목소리는 부드럽지만 위엄이 있었다.

"좋습니다. 무슨 떡으로 드릴까요?"

"아이들이 좋아하는 떡이 무엇이오?"

"무지개떡이 보기에도 좋고 애들이 좋아합지요."

"그럼 그걸로 주시오."

교장이 값을 계산하고는 옆에 서 있는 동구를 보았다.

"너도 학교에 다니느냐?"

"학교요?"

"백정 아이입니다. 학교랑은 거리가 멀지요."

거봉 할배가 끼어들었다. 교장은 잠시 생각하더니 입을 열었다.

"백정 아이라고 글을 배우지 말라는 법은 없소."

교장의 말에 동구의 눈이 번쩍 뜨였다.

"내가 운영하는 학교는 모두가 평등하지. 생각 있으면 학교에 한번 와라."

교장이 동구를 물끄러미 보다가 돌아섰다.

'백정이 글을 배운다고? 글을 배울 수만 있다면 돌아가신 어머니도 기뻐하실 텐데.'

동구의 생각을 엿듣기라도 한 듯 거봉 할배가 말을 받았다.

"말아라. 백정한테 글이 가당키나 하냐? 쯧쯧."

거봉 할배가 돈을 주머니 깊숙이 찔러 넣으며 눈살을 찌푸렸다. 기분이 상한 동구는 떡 맛이 써서 다시는 거봉 할배의 떡집은 찾지 않겠다고 다짐했다. 그러나 거봉 할배의 말처럼 백정이 글을 배우는 것은 하늘이 두 쪽 나도 일어날 수 없는 일이었다.

그때 골목을 돌아온 한 무리의 사람들이 돌계단을 타고 내려와 깨알 같은 글씨가 적힌 종이를 장터에 마구 뿌렸다. 사람들은 하던 일을 멈추고 바닥에 떨어진 종이를 주웠다. 곧 미츠 시계점이 있는 골목 끝에서 요란한 발소리가 들렸다. 경무국 사람들과 칼을 찬 순사들이었다. 종이 뭉치를 든 조선인들이 서로 눈빛을 교환하더니 뿔뿔이 흩어졌다. 경무국 사람들과 순사들은 종이를 뿌린 조선인을 찾기 위해 장터 곳곳을 뒤지고 다녔다. 글을 모르는 사람들은 글을 알 만한 사람을 찾아가 속삭이듯 물었다.

"무슨 내용인데 경무국에서 저렇게 난리요?"

"황무지를 개간해서 왜인들이 갖는다는구려."

글을 아는 몇이 누가 들을세라 조용히 말했다.

"이미 왜놈들이 조선 땅을 많이 개간했지 않소? 이제 와서 개간한 사람이 그 땅의 소유권을 갖는다고 하면 이 나라 절반이 왜놈들 땅이 되는 거 아니요?"

"목소리를 낮추시오. 요즘 왜놈들이 불량한 조선인을 색출한다고 야단인데. 그러다 잡혀가."

동구는 사람들의 이야기를 귀 기울여 들었지만, 어른들의 일이라 돌아가는 내막을 알기 어려웠다. 단지 칼을 찬 순사들과 경무국 사람들이 무서워서 얼른 자리를 피하고 싶을 뿐이었다.

2

방고도 외톨이

방고도로 돌아온 동구는 길에서 주운 신문지 한 장을 펼쳐 놓고 길바닥에 글자를 써 내려갔다. 쓴다기보다는 그리는 것이 더 맞을 터였다.

"학교에 한번 와라."

교장의 말이 머릿속에서 떠나지 않았다.

댕그랑

그때 동기 형이 소를 몰고 집 앞 골목을 돌아오는 게 보였다. 동구는 입가에 침이 잔뜩 묻은 소와 눈을 마주치지 않으려고 고개를 돌렸다. 하필 도축장으로 가는 길이 집 앞이라 동구는 늘 마음이 안 좋았다.

"아이고, 배야. 동구 너 이 소 좀 도축장에 몰고 가라."

동기 형이 배를 움켜쥐고 얼굴을 찡그렸다.

"싫어. 형이 몰고 가."

동구는 몸을 돌려 앉아 다시 신문지를 폈다.

"이 자식이?"

동기 형이 동구의 엉덩짝을 발로 걷어찼다.

"백정의 자식이 글을 파면 돈이 나오냐? 얼른 안 가?"

"싫어. 소 끌고 도축장 가기 싫다고. 소 잡는 데 가기 싫단 말이야!"

동구가 악을 썼다.

"이런, 쯧쯧."

그때 싸리문 밖에서 상배 할아범과 복상이 연장을 들고 나타났다. 소를 부위별로 자를 때 쓰는 날 선 칼이었다. 이 마을 백정 대부분이 상배 할아범에게 소 잡는 기술을 배웠기 때문에 상배 할아범의 말은 곧 법이었다. 누구도 상배 할아범의 말에 토를 다는 사람이 없었다.

"저놈은 백정도 못 해 먹을 놈이구만. 빌어먹고 살 놈이야."

상배 할아범이 눈살을 찌푸렸다.

"작은아버지!"

동기 형이 고삐를 복상한테 넘기고 서둘러 뒷간으로 뛰어갔다.

"뒤춤에 감춘 건 뭐니?"

복상이 굳은 얼굴로 물었다. 동구가 천천히 뒤에 감춘 것을 보여 주었다.

"저게 뭐여? 양반님네들이 보는 신문 아닌가?"

상배 할아범이 언짢은 듯 말했다.

"송충이는 솔잎을 먹어야 하는데, 저게 무슨 경운가? 아무짝에 쓸모없는 자식을 낳았구만. 자네 골머리 좀 앓겠어. 백정촌에서 백정질을 안 하면 비렁뱅이밖에 안 된다니까."

상배 할아범은 흠 하고 헛기침하고는 도축장으로 향했다. 복상도 한숨을 쉬고는 소를 몰고 뒤따라갔다. 끌려가던 소가 동구를 돌아보았다. 소의 눈빛은 슬픔에 차 있었다. 동구는 그 눈을 볼 때마다 가슴이 먹먹했다. 동구는 도저히 자기 손으로 소를 끌고 갈 수 없었다.

딱!

그때, 돌멩이 하나가 동구의 정강이를 때렸다.

"백정 놈이 양반님네들이나 보는 신문을 본대요. 웃겨."

소 창자를 받아 파는 수하댁 쌍둥이 갈무와 돌무였다. 동구가 한 살 형인데도 소잡이 일을 싫어하는 동구를 바보라고 놀렸다.

"소도 못 잡는 바보를 어디에 쓰나?"

갈무와 돌무는 시시덕거리며 혀를 쑥 내밀었다. 그러고는 마당으로 달려오더니 동구가 들고 있던 신문을 낚아채서 박박 찢었다.

"무슨 짓이야?"

동구가 놀라서 빼앗으려 했지만 이미 늦었다.

"무슨 글자인지도 모르면서 아는 척은."

갈무가 찢어진 신문 조각들을 동구 머리에 흩뿌리며 비아냥댔다.

"하지 마!"

동구는 눈물이 차오르는 것을 간신히 참았다.

"이놈들!"

그때 뒷간에 다녀온 동기 형이 갈무와 돌무의 목덜미를 부여잡고 눈을 부라렸다.

"동구 괴롭히지 말랬지?"

동기 형이 갈무와 돌무의 이마에 꿀밤을 먹였다. 둘은 이마에 혹을 달고서 눈물 콧물 쏟고는 부리나케 달아났다.

"괜찮냐?"

동기 형이 바닥에 떨어진 종이를 그러모아 발로 밀었다. 동기 형도 동구가 글 쓰는 것을 좋게 보지 않았지만 다른 사람들처럼 말리지는 않았다.

"난 간다."

동기 형이 슬쩍 곁눈질하고는 대문을 빠져나갔다. 도축장으로 가는 것 같았다. 동기 형은 꿈이 있었다. 방고도 최고의 도축 기술자가 되는 것이다. 상배 할아범한테 인정받는 날에는 큰돈을 벌 수 있다. 그래서 동기 형은 상배 할아범이 도축장을 찾는 날이면 소몰이에 앞장섰다.

동구는 땅에 떨어진 신문 조각을 모아서 밥풀로 붙였다. 번져서 잘 보이지 않았지만, 글자를 맞춰 가는 재미도 있어서 시간 가는 줄 몰랐다. 언제 또 복상을 따라 장터 구경을 갈지 모르기 때문에 신문 조각을 버릴 수 없었다.

동구가 글자에 마음을 빼앗긴 이유는 돌아가신 어머니 때문이었다. 어머니는 글을 읽을 줄 알았다. 그리고 몰래 동구에게 글을 가르쳐 주었다. 어머니가 도망 노비였고 노비로 살 때 모시던 아가씨한테 글을 배웠다는 사실은 나중에야 알았다.

"동구야, 세상이 크게 달라질 거야. 너는 큰 세상으로 가서 크게 살아."

동구는 처음에는 그것이 무슨 말인지 몰랐다. 하지만 커 갈수록 어머니의 말에서 어떤 힘이 느껴졌다. 어머니가 돌아가시고 나자 그 말은 동구의 가슴속에 깊이 박혔다.

"어머니, 소 싫어? 왜 고개를 돌려?"

동구가 일곱 살 되던 해 어머니에게 물었다. 복상이 소를 몰고 도축장으로 향할 때면 어머니는 고개를 돌렸다.

"저 소도 푸른 풀밭에서 살고 싶을 거야. 저렇게 끌려가지 않고."

어머니는 멀어져 가는 소를 보면서 안타까워했다. 그 후 동구는 도축장으로 끌려가는 소를 보면 저도 모르게 눈물이 났다. 끌려가는 소의 눈빛은 돌아가신 어머니의 눈과 닮아 있었다. 어머니는 고뿔에 걸렸지만 백정의 아내라는 이유로 의원 진료 한 번 받아 보지 못하고 돌아가셨다.

'정말로 어머니 말씀대로 세상이 크게 달라질까? 글을 공부하면 큰 세상으로 갈 수 있을까?'

동구는 문득 어머니가 그리워졌다.

3

속이 시원해지는 물약

돌아온 장날, 복상은 또다시 동기 형 대신 동구를 데리고 돛단배를 탔다.

"작은아버지, 또 동구랑 가시게요?"

동기 형이 의아한 듯 물었다.

"상배 할아범이 고기를 얇게 저미는 방법을 알려 준단다. 너는 거기나 가 봐."

복상이 배달할 봇짐을 싸며 말했다.

"참말이요?"

동기 형은 서둘러 칼을 숫돌에 갈아 보자기에 쌌다. 그러고는 곧장 푸줏간으로 달려갔다.

돛단배는 바닷바람에 이리저리 흔들렸다. 배의 흔들림에 몸을 맡긴 복상이 작은 소리로 동구에게 물었다.

"너는 글이 왜 좋으냐?"

"세상 돌아가는 것을 알 수 있으니까요. 아직 잘은 모르지만 조금은 알 것도 같아요."

동구가 부끄러운 듯 고개를 숙였다.

"네 어미가 머리에 이상한 생각을 심었구나."

"잘못된 거예요?"

"아니, 꼭 그런 건 아니다. 세상이 변한다고 하더라. 어떻게 변하는지는 모르겠지만."

복상은 돛단배에서 내린 뒤 곧장 선착장을 벗어나 성큼성큼 걸어갔다.

"해가 바다에 걸리면 다시 이곳에 오마. 그때까지 세상 구경 많이 하거라."

복상이 동전을 동구의 손에 쥐여 주었다.

"배고프면 국밥 사 먹어. 대신 손님이 없는 후미진 골목에 있는 국밥집으로 가거라. 네 차림새를 보고 백정이라고 쫓아낼 수도 있으니."

"네."

복상은 동구와 한 번 눈을 맞추고는 좁은 골목으로 유유히 사라졌다.

혼자 남은 동구는 보슬비가 내리는 일본인 거리를 타박타박 걸었다. 미츠 시계점, 카지바케 모자점, 소바시 상회를 지나 오우야케 잡화점 앞을 천천히 걸으며 입속으로 글자들을 읽었다. 생각보다 많은 글자를 읽고 뜻을 이해할 수 있었다. 어머니한테 배운 글자와 복상을 따라 장터로 나왔다가 주운 신문 덕분이었다.

동구는 선착장이 보이는 언덕에 올라 하늘하늘 춤을 추는 굴참나무 가지에 걸터앉았다. 선착장에 닻을 내린 몇몇 배들은 돌아가지 않고 출렁이는 바닷물에 몸을 누인 채 가만히 잠들어 있었다.

동구는 저렇게 큰 배를 타면 어떤 기분일까 궁금했다. 갈 수만 있다면 어디든 좋으니 백정의 탈을 벗을 수 있는 곳으로 가고 싶었다.

"너 동구 아니냐?"

동구를 알아본 것은 가끔 방고도를 찾아오던 필상이었다. 장터 사람들은 백정촌인 방고도를 좀처럼 찾지 않았다. 그러나 필상은 쌀을 팔 수 있는 곳이면 백정촌이든 어디든 다녔다. 복상은 방고도 사람들과도 허물없이 지내는 필상을 좋은 이웃으로 생각해, 도울 일이 있으면 발 벗고 나섰다.

"아버지는?"

"배달 가셨어."

"넌 여기서 뭐 하는데?"

"배 구경하고 있어."

필상이 동구 옆에 앉아서 까만 연기를 피워 올리는 증기선을 뚫어져라 보았다.

"신기하지? 저 배는 세상 멀리까지 간대."

"저 바다 건너에는 무엇이 있을까?"

"나야 모르지. 먹고살기 바쁜데, 그것까지 어찌 생각하냐?"

필상이 지게를 다시 짊어지고 일어섰다.

"나는 또 배달이 있어서 먼저 간다."

"형! 잘 가."

동구가 손을 흔들었다.

"참, 저기 부둣가 책방 옆에 버리는 책들 있더라."

"정말?"

"그래, 네 생각 났는데 잘됐다."

동구는 기대감에 쏜살같이 부둣가로 달려갔다. 정말로 찢어진 책 몇 권이 길바닥에 나뒹굴고 있었다. 동구는 조심조심 책을 모아서 품에 안았다. 그때, 선착장에 배 한 척이 닿았다.

잠시 후 노랑머리 서양인과 일본인, 조선인이 한데 뒤엉켜 배에서 내렸다. 그런데 유독 눈에 띄는 사람이 있었다. 짧게 자른 머리에 하얀 두루마기를 입은 아저씨였다. 아저씨는 두루마리 종이 뭉치와 가방을 들고 근엄한 표정으로 동구 옆을 지나쳤다. 회색 털에 검정 줄무늬가 선명한 털북숭이 고양이가 그 뒤를 따라갔다. 그런데 그 고양이가 길을 가다 말고 동구의 바짓단에 혀를 날름거리는 것이다.

"야, 저리 가."

동구는 품에 안은 책을 떨어트릴까 봐 아저씨가 한눈을 팔 때 고양이를 슬쩍 발로 밀었다.

"야옹."

흠칫 놀란 고양이가 옆으로 몸을 피했다. 그때 앞서가던 아저씨가 고개를 돌렸다. 눈이 마주친 동구는 주춤거리며 뒤로 물러났다. 아저씨의 눈빛이 예사롭지 않았기 때문이다.

동구가 우두커니 서 있는데 골목 오른쪽에 있는 노점상 앞으로 인력거가 속력을 높여 달려왔다. 아저씨가 알아채기도 전에 인력거 바퀴가 아저씨가 들고 있던 가방을 치고 말았다. 가방이 동구의 발밑에 떨어졌고 아저씨는 놀라서 몸을 휘청이다가 간신히 중심을 잡았다. 인력거는 아랑곳하지 않고 곧장 부두와 연결된 골목으로 사라졌다.

동구가 오른팔로 책을 안은 채 얼른 가방을 주워 아저씨에게 건넸다.

"여기 가방이요."

아저씨는 옷을 털고 가방을 받았다. 인력거 바퀴에 묻은 흙이 옷에도 묻은 것 같았다.

"고맙다."

아저씨는 가볍게 목례하고는 고양이와 함께 사람들 속에 섞여 들었다. 그때, 가방에서 떨어진 듯한 작은 유리병이 동구의 눈에 띄었다. 얼른 병을 주워 아저씨를 찾았지만 아저씨는 고양이와 함께 사라진 뒤였다.

그 유리병은 시장에서 만병통치약이라고 불리는 물약의 병이었다. 속에 병이 있는 사람이 마시면 시원하게 낫는다는 귀한 물약을 들고 동구는 한참을 망설였다. 그러다 자신도 모르게 뚜껑을 열었다. 방고도에서 있었던 일을 떠올리니 가슴이 답답했다.

동구는 죽기 아니면 까무러칠 각오로 단숨에 물약을 마셨다. 그러자 신기하게도 꽉 막혔던 가슴이 시원하게 뚫리는 기분이 들었다.

4

상배 할아범의 시험

항구가 발달하며 작은 마을도 같이 커졌다. 동구가 볼거리도 점점 더 많아졌다. 복상이 올 때까지 하루 종일 돌아도 골목에는 새로운 것들이 넘쳐 났다. 동구는 육지 구경을 할 때마다 시간 가는 줄 몰랐다. 배달 일을 마친 복상을 따라 방고도로 돌아오는 배를 탈 때는 아쉬워서 몇 번이나 뒤를 돌아보았다. 복상이 다음 배달에도 꼭 자신을 데려가기를 바라면서 말이다. 그러나 동구는 다시 데려가 달라는 소리가 입 밖으로 나오지 않았다. 동구는 복상에게 자랑스러운 아들이 아니었다. 동구는 복상에게 미안한 마음만 가득했다.

며칠 후 상배 할아범이 방고도에 사는 동구 또래의 아이들을 마을 입구 공터에 불러 모았다. 동구는 갈무와 돌무, 그리고 다른 또래 아이들과 함께 공터로 갔다. 아이들은 영문을 몰라 멀뚱멀뚱 상배 할아범과 동기 형을 보았다.

최근에 동기 형은 복상보다 상배 할아범과 함께 있는 날이 더 많았다. 동기 형은 상배 할아범의 심부름을 해 주고 소잡이에 필요한 기술을 익혔다. 아이들이 모여 떠들고 있는데 동기 형이 상자를 내려놓고 소리쳤다.

"다들 조용히 하고 할아범 이야기를 귀담아들어라."

아이들이 일제히 상배 할아범을 뚫어져라 보았다. 골목 이곳저곳에서 마을 사람들이 쏟아져 나와 아이들을 빙 둘러쌌다. 상배 할아범은 마을의 대소사를 결정하는 인물로 어른들에게도 관심의 대상이었다.

"너희는 백정이다. 백정은 고기를 잘 다룰 줄 알아야 살아남는 거야. 오늘 너희에게 모이라고 한 이유는 도축장에서 허드렛일을 도맡아 할 심부름꾼을 뽑기 위해서다. 삯은 섭섭지 않게 쳐줄 마음이다. 흠흠."

상배 할아범 말에 아이들은 물론 마을 어른들까지 수군

거리는 소리가 여기저기에서 들렸다.

"도축장에는 아무나 들어갈 수 없는 거 알지? 들어가기만 하면 백정으로 팔자 펴는 거야. 그래서 시험을 칠 거야. 상자 안에 고기를 부위별로 잘라 두었어. 한 사람씩 나와서 각각 어느 부위인지 형한테 알려 주면 돼. 누구부터 할래?"

아이들은 서로 눈치를 보며 먼저 해 보겠다고 나서는 이가 없었다.

"갈무, 돌무 뭐 하냐? 빨리 안 나가고?"

갈무 아버지가 두 주먹을 불끈 쥐고서 발을 동동 굴렀다. 그때 갈무 아버지 어깨 너머로 복상의 얼굴이 보였다. 순간 동구는 손에 식은땀이 흘렀다. 복상도 동구가 동기 형처럼 도축장 일을 돕기를 바랄 것이다. 하지만 동구는 도축장에 가고 싶지 않았다. 그 근처에만 가도 헛구역질이 나서 도망 나오기 바빴다. 그 모습을 복상에게 들킨 적도 여러 번이다.

"다음은 동구 너다."

마지막으로 남은 동구를 동기 형이 불렀다. 동구는 무

거운 발걸음으로 앞으로 나갔다. 상자 안에는 핏물이 흥건한 살코기와 내장이 담겨 있었다.

"뭐 하냐? 빨리 고르지 않고."

동기 형이 재촉했다. 그러나 동구는 선뜻 고르지 못하고 머뭇거렸다. 등을 타고 식은땀이 주르르 흘렀다.

"저런 놈을 아들이라고 애지중지하는 네 아비가 불쌍하구나."

한참 뜸을 들이자 상배 할아범이 끌끌 혀를 찼다. 동구가 힐긋 복상의 얼굴을 살폈다. 복상의 눈빛이 낯설지 않았다. 돌아가신 어머니처럼 슬픈 눈빛이었다. 동구는 이를 악물고 상자 속에 손을 집어넣었다. 그러고는 상자 속 덩어리를 하나씩 들고 큰 소리로 말했다. 앞다리, 사태, 우둔, 설도, 양지……. 동구의 손에서 핏물이 뚝뚝 떨어졌다. 마을 사람들이 웅성거리는 소리가 동구의 귀에서 윙윙댔다.

동구가 부뚜막에 앉아 있으면 어머니는 밥을 지으며 부위별로 어떤 고기가 어떤 음식에 쓰이는지 알려 주었다. 그래서인지 동구는 신기하게도 복상이 딱 한 번 소의 부위를 알려 주었을 뿐인데도 어렵지 않게 이름을 익힐 수 있었다.

"동구 네가 다 맞췄다. 나랑 같이 일할 수 있어."

동기 형이 환하게 웃었다. 그러나 동구는 웃을 수가 없었다.

"의외로구나."

상배 할아범도 놀란 눈치였다.

"내일부터 도축장에 나오도록 해."

동기 형이 동구의 어깨에 손을 얹었다.

"형! 나 그 일 하고 싶지 않아."

동구가 기어들어 가는 소리로 말했다. 공터를 떠나려던 상배 할아범이 발걸음을 멈추고 돌아섰다.

"뭐라고? 너 지금 뭐라고 했니?"

"죄송해요. 저는 도축장에 가고 싶지 않아요."

동구는 결국 울음을 터트렸다.

"백정이 소를 잡지 않겠다고? 그게 무슨 뜻인 줄 아니?"

상배 할아범이 눈을 부릅뜨고 동구를 노려보았다.

"죄송해요. 저는 소 잡는 게 싫어요."

짝!

상배 할아범의 손바닥이 동구의 오른쪽 뺨을 내리쳤다.

"이런 물러 터진 놈."

상배 할아범이 다시 동구의 얼굴을 후려치려던 찰나 복상이 동구를 끌어안고 돌려세웠다.

"때리시려면 저를 때리십시오. 마음이 허약한 아들을 낳은 제 잘못입니다."

복상이 간절한 눈빛으로 상배 할아범을 보았다.

"저 아이가 다시 내 눈에 띄는 날에는 자네도 이 마을에서 쫓겨날 줄 알아."

상배 할아범이 잔뜩 화난 얼굴로 공터를 빠져나갔다.

"작은아버지, 할아범을 화나게 했으니 큰일이에요. 일감을 안 주면 어떻게 한대요? 제가 잘 말씀드려 볼 테니 동구 데리고 돌아가 계세요."

동기 형이 가져온 상자를 들고 서둘러 상배 할아범을 따라갔다. 복상이 울고 있는 동구의 손에 묻은 피를 옷소매로 닦아 주었다.

"그만 돌아가자."

동구는 복상의 손에 이끌려 힘없이 집으로 돌아갔다.

5

비밀스러운 심부름

복상은 돛단배에 동구의 짐을 모두 실었다.

"당분간 필상이 집에서 지내도록 해라. 상배 할아범의 화가 누그러지면 다시 너를 부르마. 마침 일을 도울 일꾼이 필요하다고 하더라."

복상이 힘없는 목소리로 말했다. 복상은 배를 타고 가는 내내 말없이 앉아 있었다. 눈치를 보던 동구가 작은 소리로 말했다.

"죄송해요."

"어쩌겠니? 네가 네 어미를 닮은 것을. 백정으로 태어나게 한 내 잘못이 크다."

복상이 휴 하고 한숨을 쉬었다.

“아버지 잘못이 아니에요. 제가 못난 탓이에요.”

“그런 소리 마라. 너는 영리한 아이니 살아갈 길을 찾을 수 있을 거야.”

복상이 동구의 어깨에 손을 얹고 힘주어 안았다.

“세상이 바뀐다고 한다. 사람이 하고 싶은 일을 하는 세상이 온다고 수군대더라.”

"정말 그런 세상이 올까요?"

"나도 잘 모르겠다."

복상이 동구의 머리칼을 쓸어 주었다.

복상은 동구를 필상의 집에 데려다주고 곧바로 길을 떠났다. 언제 온다는 말도 없이 떠나는 바람에 동구의 가슴에 서늘한 바람만 불었다.

"이야기 들었어. 너 쫓겨났다며."

필상이 동구의 등을 토닥여 주었다.

"걱정 마. 여기도 살 만해. 방고도보다 재미있는 일들이 훨씬 많을걸."

"형 고마워. 뭐부터 할까?"

잠시 고민하던 동구가 빗자루를 들고 마당을 쓸었다. 시키지도 않았는데 척척 일하는 동구를 필상이 흡족한 얼굴로 바라보았다.

"일단 네 짐부터 방에 정리하고 저기 있는 쌀자루 좀 광에 가져다 놓아 줄래?"

필상의 말에 동구는 쌀집에 딸린 작은 골방에 짐을 넣었다. 두 사람이 간신히 누울 수 있는 좁은 방이었다. 동구가 온다는 소식을 듣고 필상이 미리 청소해 둔 모양인지 방에는 깨끗한 이부자리도 있었다. 필상은 따로 집이 있어 그 방은 동구 혼자서 쓰기로 했다. 동구는 방을 나와 힘겹게 쌀자루를 옮겼다.

"약골인 줄 알았더니 제법 힘도 쓰네. 나 배달 갔다 올 동안 가게 지키고 있어. 혹시 배달 주문 오면 받아 적어 놓고."

"걱정 마 형. 나 글 적을 줄 알아."

동구가 빙그레 웃었다.

"그래서 너 데리고 있겠다고 한 거야. 글자를 아니까."

필상이 눈을 찡긋했다.

"고마워 형."

동구는 필상의 일을 도우며 간간이 쌀 배달도 했다. 큰 쌀 포대는 필상이 지게에 얹어 배달하고 작은 쌀 포대는 동구가 수레에 실어 배달했다.

그날은 마지막 배달이라 수레를 두고 쌀만 가지고 나왔다. 쌀을 배달하고 나면 자유 시간이었다. 동구는 혹시나 버려진 신문이나 책을 발견할지도 몰라서 골목 곳곳을 돌아다녔다. 그러다 노점상이 전을 펴고 장사하는 골목에서 지난번 부두에서 만났던 아저씨를 발견했다. 길가에 채소를 펴 놓고 장사하는 할머니 옆에서였다. 채소 바구니가 뒤집힌 채 쓰러져 있었고 할머니는 주저앉아 주섬주섬 채소들을 모아 바구니에 담고 있었다.

"아이고 이 아까운 것을 어쩌누?"

할머니는 노점을 단속하는 관리들에게 호되게 당한 모

양이었다. 주위에 있는 장꾼들이 수군대는 소리가 들렸다.

"딴 나라 놈한테는 다 퍼 주고 애꿎은 백성만 잡네, 잡아! 쯧쯧."

항구에 외국 배들이 들어오면서 상권을 빼앗기고 간신히 입에 풀칠하는 사람들의 넋두리가 이어졌다. 아저씨는 할머니를 도와 흩어진 채소들을 모았다. 그러고는 땅에 짓눌려 팔 수 없는 채소를 사서 시장통을 빠져나갔다. 할머니는 아저씨가 사라진 곳을 향해 몇 번이나 고개를 숙였다.

동구는 몰래 아저씨를 따라갔다. 목재 가옥 사이에 있는 너른 공터에 인력거가 줄지어 손님을 기다리고 있었다. 아저씨는 인력거를 피해서 시계점 간판 옆에 있는 좁은 골목으로 들어갔다.

이젠 제법 장터를 제집처럼 드나들던 동구도 처음 보는 낯선 골목이었다. 잡화점, 약방, 책방이 간판만 내건 채 문은 닫혀 있어서 실제로 물건을 파는지는 알 수 없었다. 겉으로 보기에는 장사하는 점포라기보다는 목재를 깎아 만

든 장난감 집처럼 보였다.

그때, 골목 끝에 반짝 빛나는 불빛이 보였다. 모든 상점이 문을 닫았는데 유일하게 불을 밝힌 상점에는 '별하약방'이라는 간판이 걸려 있었다. 대패질하거나 다듬은 흔적 없이 자연 형태 그대로 목재를 잘라 만든 목조 주택이었다.

동구가 제자리에 못 박힌 듯 별하약방 문 앞에 서 있자 약방 문틈으로 털북숭이 고양이가 머리를 쏙 내밀었다. 뒤따라 아저씨도 문을 열고 나왔다.

"넌 누구니?"

아저씨 뒤로 보이는 약방 안에는 책들이 빼곡히 꽂혀 있었다. 약방이라기보다 책방 같았다.

"지난번 부두에서 아저씨가 떨어트린 물약을 마셨어요. 아저씨를 찾을 수 없어서……. 죄송해요."

동구가 고개 숙여 꾸벅 절했다.

"떨어트린 물약 이야기를 하자고 나를 찾아왔니?"

"우연히 오게 된 거예요. 그런데 책이 많네요."

동구가 반짝이는 눈으로 안을 슬쩍 엿보았다.

"책 읽을 줄 아니?"

"조금요."

동구가 얼굴을 붉혔다.

"내가 세상을 돌며 모은 책들이다."

"책을 빌려 읽어도 될까요?"

"귀한 책들이라 함부로 빌려줄 수가 없구나. 대신…… 네가 내 부탁을 들어준다면 한번 생각해 보마."

"책만 빌릴 수 있다면 뭐든 할게요."

동구가 들뜬 목소리로 말했다.

"그럼 이 종이에 적힌 곳으로 이걸 배달해다오."

약방 아저씨가 물약이 든 상자를 동구에게 주었다.

"제가 길을 잘 찾아요. 무사히 잘 전할게요."

"약방 문은 열어 둘게. 물약을 배달하고 돌아와서 읽고 싶은 책을 읽어도 좋아."

약방 아저씨가 가볍게 미소 지으며 안으로 들어갔다.

동구는 약방 아저씨가 준 상자를 들고 왔던 길로 돌아섰다. 약방 안에 어떤 책이 있는지 궁금했지만, 지금은 맡은 일을 끝내는 게 먼저였다. 가벼운 발걸음으로 돌아서

자 사람들로 붐비는 저잣거리가 나타났다. 째깍째깍 가위 소리를 내며 엿가락을 흔드는 엿장수와 성냥을 팔기 위해 성냥 대가리를 마구 그어 대는 상인의 외침이 거리에 가득했다.

동구는 선착장 옆에 있는 아우야마 잡화상 앞에서 잠시 한눈을 팔았다. 시간을 알려 주는 자명종, 아름다운 음악이 흘러나오는 오르골, 은은하게 빛을 내는 호박 장식품, 유리로 만든 램프, 염색한 옷과 서양 바늘, 오색찬란한 실 꾸러미들이 소담하게 담긴 바구니가 탐스럽게 손님을 맞고 있었다.

아우야마 잡화상을 지나자 조선인이 운영하는 객주가 나타났다. 서양 사람들이 탐내는 호랑이 가죽, 소와 말의 갈기털, 조개와 소라, 담배가 가판대 위에 가지런히 놓여 있었다. 동구는 한눈을 팔다가 하마터면 배달 장소를 지나칠 뻔했다. 규모가 큰 잡화상과 달리 물약을 배달할 장소는 건물 사이에 작게 문을 낸 낡은 창고였다. 창고 안에서 나직이 노랫소리가 들렸다.

백정은 상투도 못 틀고

비녀도 꽂지 못하네

문틈으로 안을 엿보자 하얀 두건을 두른 청년이 콧노래를 흥얼거리며 종이에 열심히 뭔가를 쓰고 있었다.

"넌 누구냐?"

인기척에 놀란 청년과 동구의 눈이 딱 마주쳤다.

"심부름 왔어요."

동구는 물약이 담긴 상자를 청년 앞에 조심스럽게 놓았다.

"그분이 또 도움을 주시는구나."

그제야 안심이 된 듯 청년이 상자를 풀었다. 상자 안에 있는 두툼한 봉투는 서랍에 넣고 자물쇠를 채웠다. 그러고는 물약을 손으로 감싼 뒤 천천히 마셨다.

"약방 아저씨를 아세요?"

"소리 없이 뒤에서 우리를 돕는 분이지. 너는 그분을 잘 아느냐?"

"저도 잘 몰라요. 저는 그저 심부름만 하는걸요."

청년은 자세를 곧추세우고 종이를 펼쳤다.

"나는 지상이라고 한다. 지상이 형이라 불러. 그리고 여기 왔다는 말은 어디에도 해서는 안 돼. 알겠지?"

지상이 동구에게 단단히 일렀다.

"네, 그런데 어디 아프세요?"

기운 없이 앉아 있는 청년이 걱정되어 물었다.

"며칠 동안 잠을 못 잤더니 힘들구나. 하지만 손을 놓을 수는 없어."

동구는 창고 안을 휘 둘러보았다. 책 더미와 인쇄된 종이가 한쪽 벽면을 가득 채우고 있었고 손으로 꾹꾹 눌러 쓴 종이도 여러 장 눈에 띄었다. 뒷방으로 통하는 문도 조금 열려 있어 안을 엿볼 수 있었다. 목재를 붙여 만든 판자 위에 이불이 개여 있고, 판자 밑에는 인쇄된 책자와 찌그러진 양은 냄비, 그릇, 손잡이가 깨진 컵이 어지러이 놓여 있었다.

"형은 무슨 일을 하세요?"

동구가 궁금해서 물었다.

"나라를 지키는 일을 한다."

"나라를 지킨다고요? 나라가 망하기라도 하나요?"

세상이 아무리 어려워도 고기를 팔면 돈이 생기고 굶을 걱정은 하지 않아도 되는 것 아닌가? 동구는 지상의 말이 와닿지 않았다.

"너는 잘 모르겠지만 열강의 입김에 이 나라가 휘청이고 있어. 우리는 스스로 이 나라를 지켜야 한다."

동구는 마음 한구석이 아릿했다. 그동안 먹고사는 것만 중요하다 여기고 이 땅이 어떤 의미인지는 한 번도 생각해 보지 못했다. 지상 덕분에 동구는 발 딛고 살아가는 이 땅이 위험에 처했다는 것을 알게 되었다.

6

왕골집 딸 소희

다음 날 배달을 마치고 돌아오는 길에 동구는 왕골집 앞을 지나게 되었다. 필상이 왕골집 주인인 화암댁을 도와 짐을 나르는 중이었다.

"필상이 형!"

동구는 필상을 소리쳐 불렀다. 필상이 동구에게 손을 들어 주었다.

"누구?"

화암댁이 동구를 곁눈질하며 물었다.

"제 일을 돕는 아우입니다."

왕골집에는 쌀을 배달한 일이 없어 화암댁과는 초면이었다.

"어머니 이제 오세요?"

소희가 왕골 바구니를 정리하다 화암댁이 든 짐을 받아 들었다. 맑은 얼굴에 뒤로 묶은 붉은 댕기가 나풀거렸다.

"오라버니도 왔네."

소희가 필상에게도 인사를 건넸다. 그러고는 고개를 돌려 동구와 눈을 맞췄다. 동네 아이들한테서 소희가 왕골집 딸이라는 이야기만 들었다. 동구는 엉거주춤 있다가 놀라서 바닥을 내려보았다.

"시장 입구에서 만났어."

화암댁이 필상이 든 짐 보따리를 받아 내리며 말했다.

"필상이 안 도와줬으면 나 혼자 어쩔 뻔했니? 소희야 식혜 좀 내오련?"

소희가 점포와 연결된 작은 문으로 들어가서 쟁반에 식혜를 담아 왔다. 필상은 이마에 묻은 땀을 손등으로 슥 닦고는 식혜를 단숨에 마셨다. 동구는 소희가 건넨 식혜를 한 모금씩 천천히 입에 대었다.

“요즘 쌀을 외국으로 실어 가서 씨가 말랐다며.”

“그러게 말이에요. 나라님은 무엇을 하시는지 관리들이 쌀을 빼돌려도 하소연할 곳이 없어요.”

필상이 주먹을 불끈 쥐었다.

“우리가 이런 사정을 나라님께 알려야 해요.”

소희의 목소리에 힘이 실렸다.

“무슨 수로 알리냐? 괜히 잘못 나섰다가는 몰매 맞기 십상이야.”

화암댁이 손을 내저었다.

동구는 여자애가 당당하게 자신의 의견을 말하는 것을 보고 눈이 동그래졌다.

“그럼 저희는 가 볼게요.”

필상이 일어서자 화암댁이 쑥떡을 싸 주며 말했다.

“쌀 배달 힘들지 않아? 쉬엄쉬엄해.”

화암댁이 동구의 등도 쓸어 주었다. 동구가 얼른 고개를 숙였다. 그 모습을 소희가 옆에서 지켜보고 있었다. 필상이 왕골집을 나가자 동구도 꾸벅 절하고 따라나섰다.

“낫 하나만 사 가자.”

필상이 왕골집 옆에 있는 철물점으로 들어갔다. 동구는 철물점 밖에서 필상을 기다리기로 했다.

그때 인력거가 왕골집 앞에 멈춰 섰다. 인력거에서 내린 양반이 왕골집으로 들어갔다. 동구도 잘 아는 솟을대문집 양반 김춘광이었다. 김춘광 옆에는 경무국에서 나온 기무라 경사도 있었다. 동구는 두 사람의 방문에 자신도 모르게 귀를 쫑긋 세웠다.

"연락도 없이 어쩐 일이세요?"

"아비가 딸 보러 왔는데 허락받고 와야 하니?"

"따님이 아주 곱습니다."

기무라 경사가 모자를 살짝 내려 쓰며 웃었다.

"소희야, 인사드려야지."

김춘광이 소희에게 눈짓했다.

"안녕하세요?"

고왔던 소희의 목소리가 갈라졌다.

"들어오세요."

화암댁이 앉을 자리를 만들어 방석을 내놓았다.

"예쁜 따님에게 부탁할 일이 있소."

기무라 경사가 차를 한 모금 마시며 소희를 슬쩍 곁눈질했다.

"뭐든 말씀만 하십시오. 다 들어드리겠습니다."

김춘광이 호탕하게 웃었다.

"내 딸 미치코가 얼마 전에 일본에서 왔어요. 조선말이 서투니 여간 힘든 게 아니지요. 댁의 따님이 미치코와 말벗도 되어 주고 조선말을 가르쳐 준다면 내가 용돈은 두둑이 챙겨 주겠소."

기무라 경사가 소희를 힐긋 쳐다보며 말했다.

"아이고, 이렇게 영광스러울 때가. 대 일본 제국 기무라 경사님의 따님을 보살피는 일이라면 우리 소희도 좋아할 겁니다. 그렇지, 소희야?"

김춘광이 소희에게 눈짓을 보냈다. 허락한다는 뜻을 전하라는 은근한 압박이었다. 소희는 마지못해 고개만 끄덕였다.

"보십시오. 우리 소희도 좋다고 하지 않습니까. 돈은 따로 챙겨 주실 필요 없습니다. 그동안 경사님께서 베풀어 주신 은혜가 큰데요."

김춘광이 크게 소리 내어 웃자 기무라 경사도 따라 웃었다. 두 사람을 지켜보던 소희만 굳은 얼굴로 바닥을 내려다보았다.

"소희야, 정성을 다해라. 알겠지?"

화암댁이 소희를 보고 말했지만 얼굴빛은 어두웠다.

"나는 그만 다른 볼일이 있어 가 봐야겠소. 다음에 또 봅시다."

기무라 경사가 자리를 털고 일어났다. 그러고는 미치코가 사는 집의 약도를 종이에 그려 주었다. 기무라 경사가 사람들 틈에 끼어 흔적도 없이 사라지자 소희가 톡 쏘는 말투로 물었다.

"꼭 저 일본인이랑 같이 다니셔야겠어요?"

"너, 아버지한테 무슨 말버릇이니?"

화암댁이 놀라서 소희를 나무랐다.

"괜찮소."

김춘광이 손을 저었다.

"집안이 무탈하려면 싫은 사람과도 연을 맺어야 한다."

"제가 부탁드린 건 어떻게 됐나요?"

화암댁이 김춘광에게 다그치듯 물었다.

"그것이……."

"그 여자가 싫다고 했겠죠."

소희가 짜증 섞인 목소리로 말했다.

"그 여자라니, 네 큰어머니시다."

김춘광이 버럭 소리를 질렀다.

"그 집에서 우리는 찬밥이에요. 아무리 노력해도 중인인 어머니와 제 신분은 바뀌지 않는다고요."

소희가 가슴을 치며 울먹였다.

"미안하오. 소희를 호적에 넣는 것은 아무래도 힘들 것 같소."

"양반 같은 거 되고 싶지 않아요."

소희가 자리를 박차고 일어나 밖으로 나왔다. 그러다 동구와 또다시 눈이 마주쳤다. 동구는 화들짝 놀라 고개를 돌렸다. 소희는 아랑곳하지 않고 사람들이 붐비는 시장 골목으로 사라졌다. 동구는 소희의 뒤꽁무니가 보이지 않을 때까지 한참 동안 바라보았다.

7

광명보통학교

모처럼 복상이 동구를 찾아왔다. 고기 배달을 마치고 탁주도 한 사발 하는 바람에 쌀집에서 하룻밤 묵어가기로 했다. 좁은 방에 둘이 나란히 누웠다.

"밥은 잘 챙겨 먹고 사니?"

"필상이 형이 잘 챙겨 줘요. 아버지가 주신 고기로 고깃국도 끓여 주고요."

"그럼 다행이고."

복상이 모로 눕더니 곧바로 코를 골았다. 술을 마신 데다 늦게까지 고기를 배달해서 피곤한 것 같았다. 동구는 이불을 끌어다 복상의 어깨까지 올려 덮었다. 혼자 덮던 이불이라 동구의 발이 쑥 나왔지만 개의치 않았다.

다음 날 아침, 동구는 없는 솜씨로 밥상을 차려 복상 앞에 놓았다.

"이제는 밥도 할 줄 아니?"

동구는 필상이 해 준 반찬과 포목점 송주댁이 해 온 음식으로 상을 차렸다. 쌀집에서 혼자 생활하는 동구를 불쌍히 여기는 송주댁은 복상과도 친분이 있었다. 오랫동안 고기를 배달해 왔기 때문이다.

복상이 왔다는 소식을 듣고 아침 댓바람부터 송주댁이 텃밭에서 키운 상추를 들고 쌀집을 찾았다.

"그 소식 들었어요? 백정이 학교에 다닌대요."

"백정이 글을 배워요?"

복상이 놀라서 물었다.

"글을 알아야 이 험한 세상, 할 말 하고 살지요."

"그야 그렇지만……."

복상이 슬쩍 동구를 보았다.

"우리 동구도 글을 배우면 무시당하지 않고 살 수 있을까요?"

"말해 뭐 하겠어요. 까막눈인 우리랑은 세상 보는 눈이 달라지겠지요."

송주댁이 돌아가자 동구가 복상을 보고 물었다.

"저 같은 백정도 학교에 갈 수 있을까요?"

"송주댁 말로는 그렇다는데……."

복상이 말끝을 흐렸다.

"아버지, 글을 배울 수만 있다면 저도 학교에 가고 싶어요."

동구가 간절한 눈빛으로 복상을 보았다. 복상이 그런 동구를 안타깝게 바라보다 결단을 내렸다.

"그래. 한번 부딪쳐 보자."

다음 날, 아버지를 졸라 따라나서기는 했지만 동구는 아이들한테 놀림이나 받지 않을까 걱정이 앞섰다. 동구의 걸음은 영 더디기만 했다. 그때 장마당에 사람들이 모여 웅성거리는 소리가 들렸다. 시장통이 울릴 만큼 커다랗고 우렁찬 목소리가 사람들을 모았다.

"우리는 달라져야 합니다. 서구 열강으로부터 우리나라를 지켜야 합니다. 나라님한테만 이 나라를 맡기지 말고 우리가 깨어 이 나라를 바로 세워야 합니다."

"저 사람 백정이라며?"

"참말인가? 저리 똑똑한 사람이 백정이라고?"

"그렇다네."

"허, 참. 세상이 달라져도 참 많이 달라졌네그려. 백정이 사람들을 모아 놓고 연설하다니."

그 소리를 들은 동구의 가슴에 둥둥 북소리가 났다. 연설을 하는 사람이 다름 아닌 지상이었기 때문이다.

"아버지, 저 사람이 백정이래요."

"그렇다는구나."

복상도 놀란 눈치였다. 소 잡는 백정은 언제나 뒤로 한 발짝 물러나 시키는 일만 하는 신분이었다. 그런데 저렇게 사람들 앞에서 주장을 펼치는 사람이 백정이라니, 세상이 뒤집어지지 않고서야 일어날 수 없는 일이었다.

"동구야. 너는 글을 배워서 나처럼 무시당하는 백정으로 살지 말고 네가 하고 싶은 일을 하고 살아."

복상의 눈가가 촉촉하게 젖어 있었다. 동구가 복상의 손을 꼭 잡아 주었다. 복상도 그동안 온갖 차별과 멸시 속에서 살아왔기에 저잣거리에서 백정의 신분으로 연설하는 청년을 보고 만감이 교차했다.

그때 장마당 근처에 있는 좁은 골목에서 기무라 경사와 경무국 사람들이 나타났다. 그들은 빠른 걸음으로 군중을 헤집고 들어가 지상의 앞을 가로막았다. 동구는 불안한 마음에 목을 쭉 빼고 귀를 쫑긋 세웠다.

"대낮에 불법으로 사람들을 선동하다니. 제정신인가?"

기무라 경사가 이마에 주름을 만들고 지상을 노려보았다.

"나는 불법을 저지른 적이 없소. 이 나라 사정을 말하고 도움을 청한 것뿐이오."

지상도 지지 않고 기무라 경사와 맞섰다.

"맞소. 저 사람은 아무 잘못이 없어요. 우리가 궁금한 것을 물은 것이오."

갓을 쓴 훈장이 도포 자락을 휘날리며 앞에 나서서 말했다. 그러자 훈장의 말에 동조하는 사람들이 하나둘 늘

어나면서 장마당이 소란스러워졌다. 기무라 경사가 난처한 듯 주먹을 쥐다가 지상을 보고 입술을 앙다물었다.

"이제부터 지켜보지. 조금이라도 불법을 저지르는 날에는 각오해야 할 거야."

기무라 경사가 장마당에 모인 사람들을 쭉 훑어보고는 경무국 사람들과 시장을 빠져나갔다. 기무라 경사가 보이지 않자 여기저기서 안도의 한숨이 터져 나왔다.

"우리는 지금보다 더 강해져야 합니다. 깨어 있어야 합니다!"

장마당 한가운데에서 지상의 우렁찬 목소리가 크게 울려 퍼졌다.

보통학교는 운동장이 넓었다. 넓은 운동장에서 아이들이 먼지를 폴폴 날리며 뛰어놀고 있었다. 동구의 눈이 학교 이곳저곳을 훑었다.

세상이 변했다지만 백정이 글을 배우는 것을 곱게 보아줄 리가 없었다. 필상도 처음에는 동구가 학교에 간다는 소식에 고개를 절레절레 흔들었지만 동구가 워낙 완강하니 두 손을 들고 말았다. 동구는 학교를 마치고 나서 밤에도 가게 일을 돕겠다고 약속하고 필상의 허락을 받을 수 있었다.

교장실 문을 열고 들어가자 교장이 하던 일을 멈추고 두 사람을 맞았다. 동구는 떡집에서 한 번 마주쳤던 터라 반가운 마음이 들었다.

"여기 앉으시오."

교장이 두 사람을 자리로 안내했다. 손수 끓인 차도 내주었다. 동구는 뜻밖의 후한 대접에 찻잔만 만지작거렸다.

"제 아들 동구를 학교에 보내고 싶습니다."

복상이 몸 둘 바를 몰라 하다 눈을 내리깔았다. 그러고는 떨리는 손으로 돈주머니를 탁자에 놓았다.

"학교에 입학하게만 해 주신다면 돈은 더 드릴 수 있습니다."

교장이 주머니를 열어 속을 들여다보았다.

"이 돈은 가져가시오. 필요한 입학금은 다음에 알려드리겠소."

"그럼 입학을 허락해 주시는 건가요?"

심장이 들썩일 만큼 놀란 복상이 물었다.

"이곳 조선에서는 백정이 글을 배우는 것을 좋아하지 않는다고 들었소. 조선인들은 가르쳐 봐야 은혜를 모르는 무지한 자들이지만, 나는 백정도 공평하게 글을 배우게 할 작정이요. 너를 보통학교 학생으로 입학시키마."

교장이 동구를 찬찬히 뜯어보며 말했다. 어쩐지 교장은 동구가 백정이라 오히려 더 좋아하는 것 같았다. 복상은 백정이라면 다들 가까이하기를 꺼리는데 교장만은 그렇지 않은 점이 어쩐지 마음에 걸렸다. 그러나 동구를 학교에 보낼 수 있다는 기쁨에, 잠시 마음을 접어 두고 벌떡 일어나 고개를 숙였다.

"정말 감사합니다."

복상은 눈물까지 흘리며 동구의 손을 꼭 잡았다.

"이제야 네 엄마 볼 낯이 생겼구나. 동구야, 선생님 말씀 잘 듣고 공부도 열심히 해야 한다. 알겠지?"

동구는 복상의 말에 고개를 끄덕였다. 동구도 가슴이 뛰기는 마찬가지였다.

8

당당함이란

며칠 후 동구는 보통학교에 입학했다. 교실 문을 열고 들어가자 스무 명 남짓한 아이들이 동구를 보고 수군거렸다. 동구가 앉을 자리를 찾는데 동구와 짝이 되려는 아이가 없었다. 선생님은 궁여지책으로 교실 뒷문 옆에 자리를 만들었다. 동구는 다른 아이들처럼 공부를 할 수 있다는 생각에 그쯤은 아무것도 아니라고 생각했다. 쉬는 시간, 동구는 학교를 둘러보고 가벼운 발걸음으로 교실에 들어갔다. 교실 문을 열자 작은 돌멩이 하나가 동구의 이마를 때렸다. 누군가 고무총으로 동구를 쏜 것이다.

“아야!”

동구가 고개를 들자 아이들이 하나둘씩 동구 앞으로 몰려들었다.

“백정 놈이 글을 배운다고? 아버지한테 일러서 쫓아내고 말 테다.”

반에서 가장 덩치가 큰 희섭이 동구의 어깨를 밀어 넘어트렸다. 싸움이라면 동구도 자신이 있었다. 그동안 쌀자루를 배달하느라 팔뚝도 굵어졌다. 그러나 복상이 학교에 계속 다니고 싶으면 꾹 참아야 한다고 신신당부했기에 주먹만 불끈 쥐고 희섭을 노려볼 수밖에 없었다.

“왜? 겁나냐? 한번 쳐 보시지.”

그때 희섭과 한패인 승필이 동구의 책보를 교실 바닥에 모두 쏟아 냈다. 책보 속에 있던 도시락의 김치 국물이 책을 적셨다. 놀란 동구가 황급히 책에서 국물을 훔쳤지만 빨갛게 물든 종이를 되살리기에는 너무 늦었다.

“어휴, 냄새난다. 백정 놈 몸에서 고기 냄새 안 나냐?”

희섭이 코를 싸쥐고 비겁하게 웃었다.

“나쁜 놈들. 너희가 나보다 공부 못 할까 봐 겁나서 그러

지? 메롱."

동구가 손가락을 얼굴에 대고 아이들을 놀렸다.

"천한 백정 놈보다 공부 못하는 놈을 어디다 쓰냐?"

동구는 더 약을 올리며 비아냥댔다.

"이 자식이?"

희섭이 동구의 얼굴에 주먹을 날렸다. 뒤로 넘어진 동구의 코에서 코피가 쏟아졌다. 동구가 소매로 코를 훔치자 흰 천이 빨갛게 물들었다.

"재수 없는 놈."

희섭이 주먹을 들어 올렸다.

"그만해. 너희는 싸움 밖에 할 줄 모르냐?"

소희가 희섭을 노려보며 동구 앞을 막아섰다.

"너는 나서지 마."

희섭이 화가 나서 소리쳤다.

"선생님께 이른다. 싸우다 걸리면 뒷간 청소 한 달인 건 알고 있지?"

소희가 팔짱을 끼고 당차게 말하자 희섭과 일당이 자리로 돌아갔다.

"너 피 많이 나."

소희가 자투리 헝겊을 둘둘 말아 동구의 손에 쥐여 주었다.

"고마워."

동구는 헝겊으로 코를 막았다. 자기편을 들어준 소희가 고마웠다.

수업을 마치고 돌아가는 길에 교장실에서 큰 소리가 났다. 동구는 귀를 쫑긋 세웠다.

"백정 아이를 입학시키다니요. 학부모를 대표해서 왔습니다."

문틈으로 안을 엿보니 레이스가 달린 주름 장식 원피스를 입은 파마머리 여자가 눈살을 찌푸리며 교장에게 따지고 있었다.

"조선에 신분 제도가 없어진 걸로 아는데. 백정도 똑같이 교육받을 권리가 있소."

교장이 단호하게 말했다.

"일본에서 오셔서 잘 모르시겠지만, 우리 조선에서 백

정은 노비보다 못한 천한 사람들입니다."

여자는 더 강하게 자기주장을 펼쳤다.

"그런 시대에 뒤떨어진 말은 말아요. 내 학교에서는 모두가 공평합니다."

교장이 힘주어 말할 때는 큰절이라도 하고 싶은 심정이었다. 동구는 휴 하고 한숨을 쉬며 천천히 학교를 빠져나왔다.

학교를 다니기 시작한 이후 동구는 더 열심히 글을 읽었다. 틈틈이 별하약방에 가서 책을 고르기도 했다. 약방 아저씨가 동구에게 약방을 열 수 있는 열쇠를 빌려주어, 동구는 마음 편하게 약방에 드나들 수 있었다. 동구는 매일이 즐거워서 콧노래가 절로 나왔다. 동구는 자신을 괴롭히는 희섭이 하나도 무섭지 않았다. 오히려 이기고 싶은 사람이 생겨서 더 이를 악물었다.

어느 날 배달을 마치고 돌아가는 길에 일본인 주택가에서 소희를 만났다. 소희는 기무라 경사의 집에서 나와 장터를 향해 걸어가고 있었다. 평소와는 다르게 허둥대는 모습이 몰래 생선을 훔쳐 먹다 들킨 도둑고양이 같았다.

"소희야."

동구가 소희를 불렀다. 그런데 소희는 무슨 생각을 하는지 동구가 불러도 듣지 못하고 불안한 듯 두리번거리기만 했다. 동구가 세 번이나 부르고 나서야 손을 들어 주었다.

"미안, 생각 좀 하느라고."

"무슨 생각을 그렇게 해?"

"별일 아니야."

"미치코는 어때? 네 말은 잘 들어?"

"아홉 살이라 귀여운 구석이 있어. 이제는 조선말도 곧잘 해."

소희가 일본인 마을과 통하는 다리 난간에 몸을 비스듬히 기댔다. 아래로 흐르는 물에 윤슬이 일렁였다. 동구도 다리 난간에 등을 붙이고 하늘을 보았다. 햇볕이 동구의 얼굴에 닿아 눈이 부셨다.

"널 보면서 많이 놀랐어."

"응?"

"애들한테 그렇게 당하고도 당당하잖아."

"응."

소희의 말에 동구는 멋쩍은 미소를 지었다.

"아버지한테는 다른 가족들이 있어. 진짜 양반님네들."

소희가 휴 하고 한숨을 토했다.

"양반이라고 으스대는 꼴이라니. 나를 못 잡아먹어서 난리야."

"그렇구나."

"어머니는 나를 아버지 호적에 올리고 싶어 해. 그런데 아버지와 함께 사는 여자가 나를 싫어해. 중인은 양반이 될 수 없다나."

소희의 말을 동구는 말없이 듣기만 했다.

"양반 같은 건 되기 싫어. 그렇지만 양반 앞에서 굽신거리는 것도 밥맛이야."

학교에서 그렇게 당당하던 소희도 사실은 아픔을 가지고 있었다. 자기보다 신분이 높은 소희가 백정인 자신에게 마음속 이야기를 해 주다니, 동구는 알 수 없는 감정에 사로잡혔다. 잔뜩 움츠렸던 동구의 가슴이 조금씩 펴지는 듯했다.

"나는 너의 당당함이 더 부러운데."

"뭐?"

소희가 동구의 얼굴을 뚫어져라 보았다. 동구는 소희와 눈이 마주치자 서둘러 시선을 피했다. 소희와 속마음을 터놓는 사이가 되었지만, 여전히 동구는 백정이었기 때문이다.

9

말하기 대회

장터 곳곳에 벽보가 나붙기 시작했다. 이번에는 일본에 진 빚을 갚자는 내용이었다.

"일본에 왜 빚을 졌대요?"

국수를 말아 파는 안성댁이 지나가는 훈장 어른을 붙잡고 물었다.

"나라님이 일본 은행에서 돈을 빌렸다오."

"나라님이 왜 돈을 빌려요?"

"조선을 개혁한다나 뭐라나. 그러려면 돈이 필요하대요. 다 왜인들이 뒤에서 조종하는 거지만."

"못 갚으면 어찌 되는데요?"

"일본 은행에서 빌린 거니 나라가 일본 놈들의 손아귀에 넘어가는 게 아니겠소."

"거참 큰일이네."

벽보 사건으로 장터가 또다시 어수선해졌다. 이런 일이 벌어질 때마다 경무국 사람들이 눈에 불을 켜고 주동자를 찾기 위해 나섰기 때문이다.

광명보통학교에도 작은 소란이 일었다. 개교기념일을 맞아 말하기 대회를 연다는 것이다. 가장 말을 잘한 사람을 뽑아 상도 주고, 쌀도 한 가마 부상으로 준다고 했다.

"연설을 잘하려면 목청이 좋아야 한다. 희섭이 너 나가봐라."

선생님이 희섭을 지목했다. 희섭이도 싫은 내색 없이 고개를 끄덕였다.

"목청이 좋아야 잘하겠지만 내용도 중요하다. 너희가 세상에 하고 싶은 이야기를 글로 써서 발표하는 거다. 가족 이야기도 좋고 세상 이야기도 좋다."

교실 문밖에서 교장이 큰 소리로 말했다. 선생님이 황

급히 고개를 숙였다. 내친김에 교실로 들어온 교장이 아이들을 돌아보았다.

"꼭 목청이 크지 않아도 좋다. 마음속의 이야기를 맘껏 풀어놓을 수 있는 용기 있는 사람이면 누구나 참여해도 좋아. 자, 한번 도전해 볼 사람 누구냐?"

교장의 말에 아무도 손을 드는 이가 없었다. 그때, 동구가 손을 번쩍 들었다. 저잣거리에서 백정의 신분으로 연설하던 지상이 떠올랐다. 어쩌면 할 수 있을지도 모른다는 용기가 마음속에서 샘솟았다.

"장동구! 용기가 가상하구나."

교장이 흐뭇하게 웃었다.

희섭이와 몇몇 아이들이 못마땅한 듯 동구를 쳐다보았다.

"동구 말고는 없느냐?"

그러자 희섭이와 두 명이 더 손을 들었다.

"너희들을 지켜보마. 열심히 해서 상을 받도록 해라."

"교장 선생님! 천한 백정은 빼는 게 어떠신가요?"

희섭이 히죽거렸다.

"그런 말을 하는 너도 천하기는 마찬가지야."

교장의 말에 희섭의 얼굴이 벌겋게 달아올랐다.

"너희 조선인들은 다 같이 천하다. 천한 너희들을 깨우치기 위해 내가 학교를 세운 거고. 그러니 기회는 모두에게 준다."

교장이 근엄한 목소리로 말했다.

"너희들끼리 싸우는 거야 내가 뭐라고 하지 않겠지만 말이다."

교장이 비열하게 웃으며 밖으로 나갔다.

"얘들아! 교장 선생님이 일본 사람이라 백정이 뭔지 몰라서 그러신 걸 거야. 그렇지?"

희섭이 말했지만 아이들은 누구 하나 대답을 하지 못했다. 희섭은 어깨를 늘어트린 채로 자리로 돌아가 앉았다.

"동구 너! 백정 주제에 대회에 나가겠다고?"

희섭이 눈을 치켜떴다. 동구도 지지 않고 혀를 쑥 내밀었다. 세상이 변했는데 아직도 백정 타령만 하는 놈들이 미웠다.

"조용. 책들 펴라. 그리고 말하기 대회에 나간다고 손 든

사람은 발표할 내용을 글로 써 오면 된다."

선생님이 큰 소리로 말하고 수업을 시작하는 바람에 희섭도 더 이상 동구를 괴롭히지 못했다.

수업을 마치고 책보를 메고 나오는데 교문 입구 느티나무 아래에서 희섭이 그의 일당과 함께 동구 앞을 막아섰다.

"백정 놈, 나 좀 보자."

"왜?"

동구가 멈칫 뒤로 물러섰다.

"백정이면 조용히 찌그러져 있을 것이지. 나서긴 왜 나서냐? 매 맞고 싶냐?"

"백정 백정 하는데 듣는 백정 기분 나쁘거든. 그리고 세상이 변해서 신분 차별 없어진 거 모르냐? 모르면 좀 배우든가."

"이 자식이?"

희섭이 주먹을 휘둘렀다. 그러나 동구가 한발 빨랐다. 주먹을 피해 희섭의 다리를 걸었다. 희섭이 벌러덩 뒤로 자빠졌다. 뒤에 있던 아이들이 희섭을 일으켜 세웠다.

“저 자식이?”

희섭이 씩씩거리며 주먹을 들었다.

“너희들 또 싸움질이냐?”

학교를 나서던 소희가 빽 소리를 질렀다.

“싸움 좀 그만하면 안 돼? 정정당당하게 겨루면 되잖아.”

소희의 말에 희섭이 얼굴을 찡그렸다.

“야, 가자.”

희섭이 아이들을 데리고 돌아섰다. 소희의 말에 자존심이 상한 것처럼 보였다.

“고마워.”

동구가 책보에 묻은 흙먼지를 털어 내며 고맙다는 표시를 했다.

“너는 무슨 내용으로 할 거니?”

“아직 생각 안 해 봤어.”

소희와 더 이야기를 나누고 싶었지만 사사건건 시비를 거는 희섭 일당 때문에 맥이 빠졌다.

'세상이 바뀌면 하고 싶은 말 다 하면서 살 수 있을까? 언제쯤 백정의 굴레에서 벗어날 수 있을까?'

동구는 언제나 똑같은 파란 하늘이 원망스러웠다. 동구는 어제와는 다른 내일이 빨리 오기를 바라며 소희에게 눈인사를 건네고 곧장 집으로 갔다.

그런데 쌀집을 지켜야 할 필상이 보이지 않았다. 필상은 쌀집을 비워 두고 나갈 사람이 아니었다. 동구는 필상이 돌아오기를 기다리며 쌀집 이곳저곳을 쓸고 닦았다. 땅거미가 질 무렵 필상이 비틀거리며 걸어왔다.

"형!"

"어? 동구야 많이 기다렸지?"

필상이 바닥에 털썩 주저앉았다. 필상은 몸을 가누기 힘들 정도로 술에 취해 있었다. 동구는 필상을 간신히 방 안으로 데려간 뒤 대접에 물을 떠 왔다.

"동구야! 세상이 뒤집히려나 보다. 창고에 쌀이 비었단다."

"그게 무슨 소리야? 형?"

"어제 일본으로 가는 증기선에 쌀을 모두 실어 보내서

창고에 쌀이 없대."

필상이 도매상에서 받아 올 쌀이 없다는 이야기였다. 쌀이 없으면 쌀집은 문을 닫아야 한다. 시장 상인들도 대부분이 필상에게서 쌀을 배달해서 먹고 있는데 그 모든 사람들이 하루아침에 쌀을 구할 수 없게 된 것이다.

"그럼 이제 어떻게 해, 형?"

"나도 모르겠다. 이 나라는 더는 희망이 없어. 나도 배 타고 외국이나 가 버릴까?"

필상이 바닥에 털썩 주저앉아 꺼이꺼이 울었다. 동구도 마음이 널뛸 수밖에 없었다. 필상이 쌀집 문을 닫으면 당장 갈 곳이 없었다. 하지만 다시 방고도로 돌아가고 싶지 않았다. 학교도 이제 정이 들었는데 포기하는 것은 상상하기 어려웠다.

이후 필상은 쌀집에서 쌀 대신 잡곡을 팔기 시작했다. 쌀만큼 남는 장사는 아니어도 입에 풀칠은 해야 했다. 소식을 들은 복상이 한달음에 달려와 필상을 위로했다.

"너무 상심하지 말게. 곧 좋은 소식이 오겠지."

복상이 필상에게 돈주머니를 내밀었다.

"쌀집이 한가해서 동구가 할 일이 없을 거야. 동구 보살피는 값이네."

"아저씨!"

필상이 눈을 동그랗게 떴다.

"나는 자네가 얼마나 고마운지 모르네. 세상이 변했다고는 하지만 백정을 거두기가 어디 쉬운 일인가? 혹여 힘든 일이 생기면 말하게. 내가 힘닿는 데까지 도움세."

복상이 환하게 웃으며 말했다.

"동구가 많이 달라졌어요. 이제는 제법 말하는 투가 어른스러워졌다니까요. 역시 사람은 배워야 하나 봐요."

"그런가? 흐흐. 방고도에서 백정 일을 배웠으면 굶을 걱정은 하지 않아도 될 텐데. 굳이 어려운 길을 가겠다니 나도 어쩔 수 없네그려!"

"동구는 큰사람이 될 거예요. 너무 걱정하지 마세요."

필상이 복상의 두 손을 덥석 잡았다. 복상은 놀라지 않을 수 없었다. 백정촌에서는 꾸중만 듣던 동구 아닌가. 복상은 기쁘면서도 어쩔 줄 몰랐다.

10

나라를 위하는 일

말하기 대회는 보름 후 열린다고 했다. 동구는 학교 수업이 끝나고 나면 필상이 잡곡을 나누어 자루에 담는 것을 도왔다. 시장통에는 하루가 멀다고 벽보가 붙었다. 모두 일본에 진 빚을 갚자는 내용이었다. 벽보는 붙자마자 누군가에 의해서 훼손되거나 사라졌다. 그런데 벽보가 힘을 발휘한 것인지 다른 마을에서 돈 모으기 운동이 시작되었다는 소문이 돌았다.

"동구야."

버려진 신문에 얼굴을 묻고 걷고 있을 때였다. 송주댁

이 동구를 불렀다. 시장에서 필상 다음으로 동구를 차별 없이 대하는 어머니 같은 분이었다. 신문을 읽다가 포목점 앞을 지나치는 것도 알지 못했다. 평소라면 먼저 찾아가서 인사했을 것이다.

"동구야, 신문에 뭐 재미있는 거라도 났어? 불러도 몰라."

송주댁이 누룽지를 가져와서 동구에게 건넸다. 동구는 누룽지를 한입에 넣고 잘근잘근 씹었다. 배가 고팠는데 누룽지의 단맛이 허기를 달래 주었다.

"천천히 먹어."

송주댁이 대접에 식혜를 가져와 동구 앞에 놓았다. 동구는 식혜도 단숨에 마셨다.

"이런, 녀석."

송주댁이 웃었다. 그때 지상이 포목점으로 들어왔다. 송주댁과는 이미 연을 튼 사이인지 반갑게 맞았다. 송주댁이 식혜를 가지러 간 사이 동구가 물었다.

"형!"

"왜?"

"형도 백정이 맞아요?"

"그래, 백정의 자식으로 태어났으니 백정이 맞겠지. 그런데 그건 왜 묻니?"

동구는 우물쭈물 있다가 작은 소리로 대답했다.

"사실은 저도 방고도에서 왔거든요."

"그래? 그런데 듣기로 넌 학교도 다닌다며?"

"어떻게 아셨어요?"

동구가 놀라서 물었다.

"시장에 소문이 쫙 퍼졌던데. 백정이 학교에 다닌다고. 그런데 똑똑하기까지 하다면서 말이야."

지상이 웃었다. 지상의 말에 동구는 눈이 번쩍 뜨였다. 세상 사람들이 자신의 이야기를 하고 다닌다니 믿기지 않았다.

"형도 유명해요. 형이 연설하는 거 들었어요."

"그러냐? 유명해지자고 한 일이 아닌데, 흐흐."

"무섭지 않으세요? 경무국 사람들이 지켜본다고 했는데."

"나라를 위하는 일이다. 그런 위험과 싸우는 일은 이미 각오했어. 그보다 오히려 그들의 횡포가 점점 심해지니 그게 더 걱정이다."

"그럼 어떻게 해요?"

"나라의 힘을 길러야지. 기회가 있을 때 말이다."

"기회요?"

"그래, 우리에게 힘이 남아 있을 때 외국의 간섭에서 벗어나야 한다. 많은 조선인이 나랏빚을 갚겠다고 마음을 모았어."

언제 왔는지 송주댁이 동구의 어깨에 손을 얹었다.

"지상이 말이 맞아. 우리는 힘을 길러야 해."

송주댁이 웃었다.

동구는 벽보에 붙은 내용이 사실이라는 것에 놀랐다. 또, 많은 사람이 이 나라를 살리기 위해 빚 갚기 운동에 동참하고 있다는 사실도 처음 알았다. 신문에는 운동에 동참하라는 뜻으로 기부한 사람의 목록을 매일 올린다고 했다. 그 일을 지상과 송주댁이 맡아서 하고 있었다.

동구는 그동안 나랏일은 그저 먼 이야기라고만 생각했다. 그러나 지상과 송주댁이 하는 일을 보고 그것이 그리

먼일이 아님을 깨달았다.

다음 날, 학교를 마치고 골목을 빠져나오는데 털북숭이 고양이가 동구의 바짓단 사이로 얼굴을 쏙 내밀었다. 동구는 반가운 마음에 고양이를 번쩍 안아 올렸다.

"나 찾아온 거야?"

동구는 고양이 머리를 쓰다듬다가 바닥에 내려놓았다. 잠시 다리를 길게 쭉 늘어트린 고양이가 신나게 골목을 헤집고 나갔다.

"거기 서."

동구도 고양이를 따라갔다. 학교에 다닌 이후로도 몇 번 약방 심부름을 한 적이 있었다. 그럴 때면 약방 아저씨가 책을 맘껏 봐도 좋다고 했는데, 최근에는 말하기 대회 준비로 바빠서 통 가지 못했다. 동구는 모처럼 약방 앞을 지나니 반가워서 한달음에 달려갔다.

문을 열고 들어가자 별하약방 안은 뿌연 연기로 가득 차 있었다. 약방 아저씨는 빠른 손놀림으로 물약을 만드는 중이었다. 작은 문 옆에는 솥이 걸려 있었는데 솥에 든

물이 보글보글 소리를 내며 끓고 있었다. 동구는 그 모습을 신기한 듯 쳐다보았다. 약방 아저씨가 주머니에서 꺼낸 약재 가루를 솥에 넣어 달이고 체로 걸러 낸 다음 다시 다른 약재를 첨가했다.

"아저씨, 이 약재들은 다 뭐예요?"

"계피와 정향, 후박을 달인 물이다. 거기에 속을 시원하게 해 주는 박하를 넣는다."

솥에서 피어오른 연기에 따라온 약재 냄새가 콧속을 시원하게 해 주었다.

"마침 잘 왔다. 이 상자를 배달해 줄래?"

약방 아저씨가 약이 든 상자를 가져왔다. 그러고는 상자 밑바닥에 봉투 하나를 넣었다.

"그 봉투는 뭐예요?"

"너는 몰라도 된다."

"돈봉투지요?"

동구가 아저씨의 얼굴을 살피며 물었다.

"알고 있었니?"

"지상이 형한테 들었어요. 몰래 돕는 이가 있다고."

"그러냐? 그럼 이 돈이 무엇을 의미하는지도 알겠구나."

약방 아저씨가 상자를 어루만지며 말했다.

"배달 일은 이것으로 끝내자. 네가 안 이상 이 일이 위험해졌다."

약방 아저씨가 상자를 다시 선반 위에 올려놓았다.

"제가 배달할게요."

"발각되면 네가 위험해진다."

"그동안 절 속이셨잖아요. 이번에도 절 속인다 생각하세요."

동구가 약방 아저씨 얼굴을 똑바로 보고 말했다.

"미안하다. 동지들을 도와야 하는데 마땅한 방법이 떠오르지 않아서 그만."

"괜찮아요. 저도 그동안 나라를 도운 일이 되니까 참을 수 있어요."

동구가 멋쩍게 웃었다.

"그래서 그 배달, 제가 하고 싶어요."

동구가 아저씨의 얼굴을 똑바로 보고 말했다. 약방 아

저씨가 가볍게 미소를 지으며 동구를 보았다.

"이 땅에 너 같은 아이가 있다는 게 자랑스럽구나."

아저씨가 흐뭇하게 웃었다.

11

힘없는 조선

동구는 물약이 든 상자를 들고 서둘러 저잣거리를 빠져 나갔다. 약방 아저씨가 전하라고 한 상자의 주인은 청나라 상인이 주로 거주하는 곳에 세 들어 사는 조선인 학생이었다. 상자와 그 안에 든 봉투가 어디에 쓰이는지 모를 때는 마음 편하게 전할 수 있었는데, 알고 난 이후에는 심장이 조여드는 것만 같았다.

부둣가에서 제복을 입은 경무국 사람을 마주칠 때면 가슴이 철렁 내려앉는 듯 몸이 떨렸다. 조선에 살면서 왜 남의 나라 사람 눈치를 봐야 하는지 자세한 내용은 알 수 없지만 동구는 지금 하는 일이 힘없는 나라 사정 때문에 생긴 일이라는 것은 어렴풋이 알 수 있었다.

거리에는 조선말은 들리지 않고 알아듣기 힘든 다른 나라 말만 들렸다. 목재 가옥이 줄지어 있는 좁은 골목에 들어서자 돌출된 창으로 얼굴을 내밀고 있는 청년이 보였다. 동구는 그 청년이 상자의 주인임을 직감했다.

"형! 하늘이 맑아요."

약방 아저씨가 알려 준 암호였다.

"그래. 하늘에 양떼구름이 걸려 있네."

청년이 암호로 답을 주고는 곧장 1층으로 내려와 문을 열었다.

"대단한데. 너 같은 꼬맹이가 올 줄은 몰랐다."

동구는 얼른 상자를 청년에게 주었다. 청년은 2층으로 동구를 데리고 올라가 문을 걸어 잠갔다. 그리고 상자를 받아 그 속에 든 봉투를 꺼냈다.

"고마운 분이야."

청년은 동구가 듣든 말든 상관없이 혼잣말로 고마움을 표했다.

"형은 이제 어떻게 할 거예요?"

"이 돈을 전하고 곧 떠날 거다. 일본에 가서 이 나라에 필요한 것들을 배워 올 거야."

"형은 왜 이런 위험한 일을 해요?"

청년이 상자를 옷장에 넣고 동구를 보았다.

"왜냐하면 난 조선인이니까. 왜놈들 손에 조선이 망하는 꼴은 못 보겠거든. 또, 너희 같은 애들이 좀 더 나은 삶을 살기를 바라는 마음에서야."

청년은 빙그레 웃으며 동구의 어깨를 가만히 두드렸다.

"너는 그만 가는 게 좋겠다. 이곳에 있으면 위험해질 수도 있어. 사실 얼마 전부터 수상한 자들이 집 앞을 기웃거리는 걸 봤거든. 내가 잘못 봤기를 바라지만."

청년이 동구를 데리고 1층 계단으로 내려갔다. 그러고는 문을 열고 동구를 밖으로 밀어냈다.

"형도 조심하세요."

동구는 청년을 향해 꾸벅 머리를 숙였다. 청년이 환하게 웃으며 엄지를 추켜세우고 문을 닫았다. 동구는 청년과 좀 더 이야기를 나누고 싶었다. 너무 빨리 헤어져서 아

쉬웠지만 배달을 무사히 마쳐서 마음은 편했다.

거리는 여느 때처럼 활기가 넘쳤고 신기한 구경거리도 많았다. 그중에서도 과자점 앞은 아이들로 북적였다. 동구도 침을 꿀꺽 삼키며 색깔이 고운 눈깔사탕에서 눈을 떼지 못했다.

그때 커다란 손이 동구의 목덜미를 낚아챘다. 동구는 어떤 힘에 이끌려 좁은 골목으로 끌려갔다. 인적이 드문 골목에서 간신히 고개를 들었다. 기무라 경사와 순사 넷이 동구를 벽에 몰아세우고 무섭게 노려보았다.

"너 어디 갔다 오는 길이냐?"

"예?"

동구는 겁에 질려서 입술을 파르르 떨었다.

"누구한테 뭘 전하고 오는 길이냐고 물었다."

"물약 배달하고 오는 길인데요."

동구가 간신히 입을 열었다.

"단지 물약뿐이냐?"

"물약 배달하면 돈을 준다고 해서……."

그때 골목에서 순사들이 헐레벌떡 뛰어왔다.

"놈이 냄새를 맡은 것 같습니다. 이미 도망치고 없습니다."

"멀리 가지는 못했을 것이다. 가서 체포해."

기무라 경사의 말에 순사들이 서둘러 골목을 빠져나갔다. 청년이 있던 집을 기습한 모양이었다. 다행히 청년이 도망친 후라 허탕을 친 게 분명했다.

"네게 물약을 준 사람이 누구냐?"

"그 물약은 내가 주었소."

그때 골목길로 어두운 그림자가 성큼성큼 걸어왔다. 약방 아저씨가 고양이와 함께 나타났다.

"내가 심부름을 시킨 것인데 뭐가 잘못되었소?"

약방 아저씨가 날카로운 눈으로 기무라 경사를 쏘아보았다.

"아저씨!"

동구는 반가운 마음에 약방 아저씨에게 달려갔다.

"저 아이가 불량한 조선인을 도운 정황이 있어서 말이오."

기무라 경사가 눈을 가늘게 뜨고 아저씨를 보았다.

"불량한 조선인을 도왔다면 내가 만든 물약을 갖다준 일밖에는 없을 거요. 알다시피 내 약은 값은 좀 비싸지만 막힌 속을 뚫어 주는 데는 최고거든."

아저씨가 들고 있던 상자에서 물약을 꺼내어 기무라 경사에게 주었다.

"이왕 왔으니 물약을 선물로 드리리다. 그리고 이 아이를 만날 일이 있으면 나부터 찾으시오. 애꿎은 어린아이 겁먹게 하지 말고."

아저씨가 한 마디씩 힘주어 말했다.

"내 오늘은 이쯤 해서 물러가지. 하지만 계속 당신을 지켜볼 것이오. 당신네가 아무리 용을 써도 결국 이 나라는 사라지고 말테니까."

기무라 경사가 음흉한 눈빛으로 아저씨를 보고는 골목을 빠져나갔다. 동구는 기무라 경사가 사라져 보이지 않을 때까지도 불안한 마음을 감출 수 없었다.

"내 실수였다. 너한테 심부름을 시키는 게 아니었는데."

"형은 무사히 빠져나갔겠지요?"

"그러길 빌어야겠지."

"이 땅의 조선인들은 왜 저들의 눈치를 봐야 하는 거지요?"

"힘없는 조선이라 그렇다."

"그럼 우리는 왜 저들처럼 힘을 기르지 못했는데요?"

동구는 청년이 혹시라도 기무라 경사에게 잡히면 어쩌나 걱정이 앞섰다. 아저씨는 어두워진 하늘을 올려다보며 한참 동안 말없이 있다가 동구를 물끄러미 보았다.

"그건 뭐라 말하기 어렵구나. 처한 상황이 다르니까."

약방 아저씨가 말없이 골목을 빠져나갔다. 털북숭이 고양이가 그 뒤를 따랐다.

12

도둑 누명

말하기 대회가 일주일 앞으로 다가왔다. 동구는 마을을 소개하며 요즘같이 어수선한 시절에 좀 더 화합하자는 내용의 연설문을 썼다. 글을 본 담임과 교장이 좋은 내용이라고 칭찬해 줄 때는 하늘을 날 것처럼 기뻤다. 동구는 발표 종이를 바지춤에 넣고 시간 날 때마다 열심히 외웠다. 그날도 외운 내용을 입속으로 중얼거리며 배달을 가던 길이었다.

"배달 왔어요."

철물점 문을 열고 안으로 들어갔는데, 철물점 주인이

보이지 않았다.

"배달 왔어요. 아무도 안 계세요?"

동구가 점포 안을 살피며 소리를 냈지만 철물점 안은 비어 있었다. 동구는 하는 수 없이 탁자에 자루를 올려놓고 나왔다. 값은 배달을 마치고 돌아오는 길에 받을 생각이었다.

나머지 배달을 마치고 철물점에 다시 갔을 때 사람들이 모여 있는 것이 보였다. 동구는 돈을 받을 생각에 빠른 걸음으로 철물점 안으로 들어갔다.

"요 도둑놈 잡았다."

철물점 아저씨가 동구의 뒷덜미를 낚아채고는 무섭게 노려보았다.

"왜 이러세요?"

동구가 놀라서 물었다.

"네가 통에 있는 돈 다 가져갔지?"

"무슨 말씀이세요? 저는 철물점에 배달한 일밖에 없어요."

"요놈아, 네가 돈을 들고 헐레벌떡 달려 나가는 걸 본 사

람이 있어."

"누가요?"

동구가 놀라서 물었다.

"저기 희섭이가 봤대. 네가 돈 빼 들고 도망치는 거."

문 앞에 서 있던 희섭이 동구를 보고 히죽 웃었다. 동구는 머릿속이 하얘지는 걸 느꼈다. 동구는 백정이다. 사람들은 동구의 말을 들으려 하지 않을 것이다.

"아니에요. 희섭이가 거짓말하는 거예요."

"비싼 밥 먹고 거짓말을 왜 해?"

철물점 아저씨는 동구의 말은 아예 들으려고도 하지 않았다. 너무 억울해서 눈물까지 흘렀다. 결국 필상이 불려와 잃어버린 돈을 모두 물어 주었다. 동구는 철물점 아저씨한테 뺨까지 맞았다.

다음 날, 학교에서 희섭이 동구를 불렀다.

"야, 장동구! 그러게, 백정한테 연설이 가당키나 하냐? 지금 조용히 물러난다면 네가 물어 준 돈 내가 돌려줄게."

동구는 이가 갈리고 주먹에 힘이 들어갔다. 당장에라도 희섭의 얼굴에 주먹을 날리고 싶었다. 그러나 희섭이라면 또 나쁜 방법으로 동구를 괴롭힐 게 뻔했다. 동구가 포기할 때까지 말이다.

"그래. 알았어."

동구가 힘없이 대답하자 희섭이 돈이 든 보자기를 동구 앞에 내던졌다.

"딴생각은 하지 마. 백정의 말을 들어 줄 사람은 세상천지에 없으니까."

희섭은 휘파람을 불며 가 버렸다. 동구는 교실로 돌아와 선생님께 대회에 못 나가겠다고 말했다. 선생님이 이유를 물었지만 제대로 답을 못 하고 얼버무렸다.

대회 당일, 동구는 연설하는 아이들을 먼발치에서 지켜보았다. 예상대로 1등은 희섭이었다. 희섭은 부상으로 받은 쌀자루를 번쩍 들었다. 아이들이 일제히 환호성을 질렀고 희섭은 종일 입이 귀에 걸려 있었다.

대회가 끝나고 집으로 가는데 소희가 동구를 불렀다.

"너 왜 포기한 거니?"

"말하고 싶지 않아."

"무슨 일이야? 희섭이 또 무슨 일을 벌인 건데?"

"말하고 싶지 않다니까!"

동구는 자신도 모르게 버럭 고함을 질렀다.

"미안해."

동구는 곧바로 사과했지만 소희는 고개를 돌려 가 버렸다. 동구는 길가에 굴러다니는 돌멩이를 걷어찼지만 속상한 기분은 풀리지 않았다.

동구는 마음이 힘들 때 늘 그렇듯 항구가 보이는 굴참나무 가지에 걸터앉아서 바다를 보았다. 저 멀리 선착장에 고양이와 함께 걷고 있는 약방 아저씨가 보였다. 아저씨는 군자금을 대기 위해 오늘도 물약을 만들 것이다. 아저씨가 시야에서 사라지자 동구는 나무에서 내려와 천천히 바닷가를 걸었다.

"동구 아니냐?"

그때 선착장을 향해 걸어오던 교장이 동구를 먼저 알아보고 불렀다.

"안녕하세요?"

동구가 얼른 고개를 숙였다.

"그래."

동구는 교장 앞에서 얼음처럼 서 있었다. 교장 앞에만 서면 괜스레 주눅이 들었다.

"대회는 왜 포기했니?

"……."

"네가 백정이라서?"

동구는 얼굴을 들 수 없었다.

"네가 스스로 기회를 버리다니 안타깝구나."

교장이 동구를 물끄러미 보고는 돌아섰다. 대회에 나갔다면 희섭이보다 더 우렁차게 자기 생각을 말할 수 있었을 텐데. 동구에게 기회는 잡을 수 없는 뜬구름 같았다. 가슴이 답답했다.

동구는 어깨를 늘어트렸다. 동구가 아무리 노력해도 백정을 보는 눈이 바뀌지 않는 한 남 앞에 서는 것은 부질없는 일임을 알았다. 동구는 지상이 될 수 없었다. 그것이 하늘의 뜻인 듯했다.

13

방곡령•

"들었어요? 나라에서 방곡령을 내렸는데도 왜놈들이 트집을 잡아 쌀을 헐값에 모두 가져갔대요."

객주에서 술을 파는 주모 상동이네가 큰 소리로 말했다.

"나쁜 놈들. 지난번에도 한 배 가득 실어 가더니 이번에도? 우리는 굶어 죽으라는 건가?"

탁주 사발을 들고 있던 김 서기가 무릎을 치며 앓는 소

• 방곡령: 주로 식량난을 해소하기 위해, 행정력을 이용하여 곡물의 수출을 금지하는 정책.

리를 냈다.

"이러지 말고 어디라도 가서 따집시다."

"그런다고 별수 있나? 왜놈들이 법으로 따진다는데."

"풍년이 들면 뭐하나? 보릿고개 넘길 쌀이 없어 굶어 죽는 사람 천진데."

신세 한탄하는 소리가 저자를 가득 메웠다. 민심은 흉흉해졌고 큰 상점을 하는 사람들이나 일본인과 가깝게 지내는 마을 유지들만 떵떵거리며 살았다. 힘없는 노인이나 어린아이들은 먹지 못해 뼈만 앙상했다. 보다 못 한 몇몇 사람들이 이들을 돕자며 나섰는데 소문으로는 돈 있는 양반은 나 몰라라 하고 천한 백정이 앞장서서 돕는다고 했다. 동구는 지상을 떠올렸다. 지상 덕분에 사람들이 백정을 대하는 태도도 사뭇 달라졌다.

필상의 집에 복상이 찾아왔을 때 동구가 말했다.

"아버지, 그 소식 들으셨어요? 백정이 가난한 사람들을 돕는대요."

"들었다. 그 일을 하도록 이끄는 사람이 있다고 하더라. 누군지 모르지만, 장마당에서 연설하던 그 사람이 아닐

까 생각했다."

"맞아요. 지상이 형이 앞장서서 벌이는 일이에요."

"너도 그 사람과 친하니?"

복상이 대견한 듯 동구를 보았다. 동구는 부끄러워 얼굴을 붉혔다.

그날 밤 복상이 모처럼 동구 옆에 누워서 하룻밤을 보내기로 했다. 다음 날이 동구의 생일이기 때문이었다. 복상이 낮에 소고기와 미역을 사서 가지고 왔다.

"내일은 아침에 미역국을 얻어먹을 수 있겠네요."

필상이 너스레를 떨며 쌀집 문을 닫았다.

"아침 먹지 말고 바로 오게."

복상이 웃으며 말했다.

"네. 저도 떡 좀 해 올게요."

필상도 따라 웃었다.

"우리 동구는 좋겠네. 이렇게 챙겨 주는 형도 있고."

복상이 웃었다. 형이라는 말에 동구는 잠시 방고도에 있는 동기 형을 떠올렸다. 바빠서 통 방고도 밖으로 나오지 못하는 동기 형. 동기 형은 자신의 꿈을 이루기 위해 열심인 것 같았다.

복상이 끓여 준 소고기 미역국은 일품이었다. 거기에 필상이 사다 준 떡으로 배를 채우고 송주댁이 주고 간 식혜로 마른 입을 적시고 나니 세상 부러운 것이 없었다. 백정인 자신의 처지에도 이런 소소한 즐거움을 누릴 수 있다니, 동구는 별하약방에서 읽었던 '행복'이라는 글자를 떠올렸다. 지상처럼 백정도 얼마든지 위기에 처한 사람을 살리는구나, 생각하니 마음이 설레기도 했다.

동구는 별하약방을 찾아갔다. 약방 아저씨는 동구가 들릴 때마다 서양과자를 챙겨 두었다가 주곤 했다.

"처음 보는 과자네요."

"며칠 전에 새로 들어와서 사 봤다."

털북숭이 고양이는 옆에 앉아서 졸고 있었다. 약방 아저씨도 한가할 때는 동구 옆에서 책을 읽었다. 각자 읽은 책의 내용에 관해 이야기 나눌 때면 동구는 마치 어른이 된 기분이었다.

별하약방을 나온 동구는 습관처럼 지상을 찾아갔다. 지상은 변함없이 의자에 앉아서 연설문을 쓰고 있었다.

"사람들이 형이 하는 일들에 대해 이야기해요."

"그러냐? 뭐라고들 하는데?"

"다들 대단한 사람이라고 해요."

"칭찬을 듣자고 하는 일이 아니다. 이 나라를 살리는 일이면 뭐든 가리지 않고 한단다."

"형, 궁금한 게 있어요."

"뭐가 궁금하니?"

"형은 백정이잖아요. 사람들은 우리를 천하다는 이유로 무시하고 괴롭혔어요. 그런 사람들을 왜 도와요?"

그동안 당한 일들을 생각하니 울컥 눈물이 차올랐다.

"나라가 없으면 더한 고통도 감수해야 해. 그때가 되면 우리가 겪었던 수모를 되돌릴 기회도 사라진다. 동구야, 과거에 얽매이지 말고 현실을 바꾸는 일을 하면 어떻겠니? 너와 내가 나선다면 바꿀 수 있다."

지상이 눈물을 훔치는 동구의 어깨에 가만히 손을 얹었다.

"그렇게 한다고 뭐가 달라지는데요? 우리는 여전히 멸시받는 백정으로 살아야 할 텐데."

동구가 울먹이며 말했다.

"아직 늦지 않았어. 이 나라를 살리고 악습은 바꾸면 된다. 우리가 바꾸자 동구야. 너도 학교에서 글을 배우지 않니? 배움은 그런 곳에 쓰여야 한다."

지상은 동구의 양어깨를 감싸며 강한 어조로 말을 이었다.

"우리 조선 백성은 아직 눈을 뜨지 못했다. 어떤 세상이 좋은 세상인지 우리가 알려 주면 된다. 대신 이 나라를 집어삼키려는 무리부터 쫓아내야 한다. 그것이 우리의 사명이지."

지상은 백정임에도 불구하고 사람들과 당당하게 눈을 맞추고 변해 가는 세상에 대해 이야기했다. 그 모습은 동구의 마음 깊이 새겨졌다. 동구는 가슴이 벅차오르는 것을 감출 수 없었다. 지상처럼 자신도 이 나라를 위해 무엇이든 할 수 있다는 자신감도 생겼다. 사람들에게 희망을 줄 수 있는 큰사람이 되고 싶다는 꿈이 생긴 것이다.

동구의 마음속에도 변화의 바람이 불기 시작했다.

14

국채 보상 운동

지상과 헤어진 동구는 천천히 장터 골목을 빠져나왔다. 수평선 위에 떠 있는 구름이 빨갛게 익은 해를 반쯤 가려서 넘실거리는 바다에 그늘을 만들었다.

"동구 아니냐?"

인적이 드문 다리 밑을 지나가는데 송주댁이 동구를 알아보고 먼저 말을 걸었다.

"아주머니."

송주댁은 보자기에 싼 네모난 상자를 들고 누군가를 기다리는 눈치였다.

"그 상자는 뭐예요?"

"응, 이거?"

송주댁이 쉽게 답을 하지 못하고 얼버무리다가 작심한 듯 말했다.

"이 상자 안에는 나랏빚을 갚겠다는 사람들의 마음이 담겨 있단다. 아끼는 돌 반지도 팔고, 머리카락도 팔아서 돈을 마련했지."

송주댁은 그 상자가 보물 상자라도 되는 듯 두 팔로 꼭 안았다.

"더 많은 사람에게 알리면 좋을 텐데. 경무국에서 연설하는 것을 금지하니 그것도 힘들게 되었지 뭐니. 벽보도 붙이지 못하고……. 알릴 방법이 없으니 속이 상하는구나."

송주댁이 길게 한숨을 쉬었다.

"제가 한번 해 볼게요."

"네가 뭘 한다고?"

"사람이 모이는 곳에 같이 가요. 그러면 제가 사람들에게 나랏빚 갚는 데 도움을 달라고 말해 볼게요."

동구는 바지춤에서 종이를 꺼내서 사람들 앞에서 할 말을 깨알같이 써 내려갔다. 그러고는 송주댁과 함께 시장 골목의 시작점인 송양 양복점 앞에 가서 큰 소리로 말했다.

"저는 백정이에요. 천한 신분이지요. 하지만 이 나라가 없으면 백정도 없어요. 양반, 중인도 모두 왜국의 눈치를 보며 백정보다 더 못한 삶을 살지도 몰라요. 왜국에 진 빚을 갚지 못하면 신분이 무슨 소용이에요. 도와주세요. 이 나라가 진 빚을 우리가 갚아야 해요!"

동구는 가슴속에 쌓여 있던 울분을 토하듯 큰 소리로 말했다. 사람들이 수군거리는 소리가 동구의 귀에 들렸다.

"저 애가 백정이라고? 세상에 저렇게 똑똑한 아이가 백정이라니."

사람들은 놀란 얼굴로 동구를 보았다. 동구는 저절로 어깨에 힘이 들어갔다. 그때, 무리 속에서 두루마기를 입은 어른이 동구 앞에 섰다. 그러고는 바지춤에서 돈주머니를 꺼내어 통째로 송주댁이 들고 있는 상자에 넣었다.

"어린 녀석이 보통이 아니구나."

할아버지가 입꼬리를 올렸다. 뒤를 이어 몇몇이 상자에 돈을 넣었다. 동구는 자신의 이야기에 귀 기울이는 사람이 있다는 사실에 가슴이 벅차올랐다.

이후 동구는 학교를 마친 뒤 배달까지 끝내고 나면 송주댁을 찾아갔다. 그러고는 마을 곳곳을 누비며 빚을 갚자고 사람들에게 말했다. 다행히 사람들은 동구의 이야기를 들어 주었다. 동구의 행동은 이웃 마을에까지 소문이 퍼졌고, 나랏빚을 갚기 위해서 먼 곳에서 찾아오는 사람도 있었다.

동구는 송주댁과 들뜬 마음으로 웃으며 시장통을 빠져나가고 있었다.

"어린놈이 겁도 없이."

그때 김춘광과 기무라 경사가 동구 앞을 막아섰다.

"사람들을 선동하고 다닌다는 백정 놈이 너구나."

까만 제복을 입은 기무라 경사가 눈살을 찌푸리며 노려보았다.

"제가 뭘 어쨌다고요?"

동구가 눈을 동그랗게 뜨고 소리를 쳤다.

"백정 놈이 세상 무서운 줄 모르고."

김춘광이 혀를 차며 기무라 경사의 눈치를 살폈다.

"이 아이는 잘못이 없어요."

송주댁이 동구를 감싸며 옆으로 돌려세웠다. 그러자 기무라 경사가 송주댁을 밀어 쓰러트리고 동구의 멱살을 잡았다.

"네가 매운맛을 봐야지."

"잠깐, 멈추시오. 그 학생은 우리 학교 학생이니 내가 데려가겠소."

그때, 교장이 나타나 두 사람을 말렸다.

"나케다 교장 선생님!"

기무라 경사가 교장의 말에 멱살을 잡고 있던 손을 풀었다.

"동구 넌 나를 따라와라."

교장은 말없이 동구를 데리고 학교로 갔다. 교장실로 들어간 교장은 동구를 자리에 앉힌 뒤 서양 과일로 만든 주스를 동구 앞에 놓았다. 동구가 꾸벅 절하고 주스를 입에 가져갔다.

"널 가르치면 황국 신민으로서 큰일을 할 줄 알았는데 내가 호랑이 새끼를 키웠더구나."

교장의 비수같이 꽂히는 말에 동구는 하마터면 입에 든 주스를 뿜을 뻔했다.

"무슨 말씀이세요?"

동구가 눈을 동그랗게 뜨고 물었다.

"양반이나 중인들은 자기가 백정보다 위에 있다고 생각하지. 너 같은 백정이 그들보다 높은 자리에 올라가면 망연자실할 거야. 그러고는 자신보다 더 힘센 세력을 따르게 되는 거지. 그것이 내가 바라는 바다."

교장이 입꼬리를 올리며 웃었다.

"내가 널 너무 과소평가한 게 탈이었다. 선택해라. 네가 하는 일을 계속하면 넌 이 학교에서 나가야 한다. 그러나 나를 도와 황국 신민으로서 일본을 위해 일한다면 네가 양반, 중인보다 더 큰 성공을 거두게 해 주마."

교장이 음흉하게 웃었다.

자신을 이용해 조선인을 괴롭히려는 무서운 계획을 세

우고 있었다니. 동구는 그것도 모르고 학교에 입학한 것이 좋아 어쩔 줄 몰라했던 스스로가 한심하고 부끄러웠다.

"결국 조선을 마음대로 집어삼키겠다는 뜻이잖아요!"

동구가 버럭 소리를 질렀다.

"이 나라는 너 같은 백정에게 해 줄 수 있는 게 없어. 그렇지만 나는 너에게 많은 것을 해 줄 수 있다. 너 혼자 그런다고 사람들이 알아줄 것 같으냐? 네가 백정이라는 걸 알면 사람들은 돌아서고 말걸."

"듣고 싶지 않아요."

동구가 벌떡 일어섰다.

"백정이 아닌 삶을 살 기회를 너는 버릴 셈이냐?"

동구는 말을 잇지 못했다.

"그 문을 나가면 너는 이 학교 학생이 아니다. 다시 백정촌으로 돌아가."

교장은 흠흠 헛기침하며 자리에서 일어났다.

동구는 천천히 문을 열고 밖으로 나갔다. 휴일이라 학교는 조용했다. 텅 빈 교실에서 아이들이 재잘거리는 소리가 들리는 것 같았다. 소희의 보조개 핀 얼굴도 떠올랐다. 이제 더는 글을 배우지 못한다는 사실에 동구의 마음이 얼어붙었다. 장터에 들어서자 송주댁이 헐레벌떡 달려와 동구의 손을 잡았다.

"괜찮니? 교장에 대해 안 좋은 소문이 있어서 많이 걱정했다."

지상도 한달음에 달려와 동구의 어깨에 손을 얹었다.

"우리가 하는 일을 사람들이 알아줄까요?"

동구가 지상에게 물었다.

"우리가 하는 일은 누군가 알아주기를 바라고 하는 일이 아니다."

지상이 가만히 동구의 손을 잡았다.

"학교에서 쫓겨났어요."

지상이 동구를 조용히 끌어안았다. 그때, 소희가 작은 상자를 들고 나타났다.

"오라버니!"

"그건 뭐냐?"

"지금까지 모아 둔 돈이랑 패물이에요. 어머니가 주셨

어요."

"지금까지 도와준 것도 고마운데 이런 것까지."

"소희가 뭘 도왔는데요?"

"소희 아버지가 경무국 기무라 경사와 친분이 있더구나. 소희가 그것을 이용해 우리에게 필요한 정보를 몰래 빼내어 알려 주었다. 이건 너와 우리만 아는 비밀이다. 경무국에서 알면 소희가 위험해진다."

"네."

동구는 소희가 그렇게 위험한 일을 했을 줄이야 꿈에도 생각하지 못했다. 동구는 그런 줄도 모르고 백정으로 무시 받아 온 사실만 가지고 투정을 부렸으니……. 소희 얼굴을 다시 보기 부끄러웠다.

"동구야! 네 글공부는 내가 도와주마. 안 그래도 야학당을 만들어서 글에 목마른 사람들을 가르칠까 생각하던 중이었다."

지상이 동구의 어깨를 감싸며 말했다.

"그럼 저도 야학에 다닐래요. 동구야 우리 같이 다니자."

소희가 동구의 소맷자락을 잡아끌었다.

"정말이요?"

"그래. 내가 아는 사람 중에 가르칠 만한 선생이 꽤 있다. 부탁해 보려고."

"좋아요."

동구가 밝게 웃었다.

15

새날은 밝아 오고

쌀집으로 돌아오는 동구의 발걸음은 가벼웠다. 지상에게 들었던 노래도 흥얼거렸다.

백정은 상투도 못 틀고
비녀도 꽂지 못하네
풀 속의 잡초같이 살아가려네
잡초처럼 억세게 살면
밝은 그날이 오고야 말지

그때 그림자 하나가 동구 뒤를 따라왔다. 땅거미가 져서 골목길은 어둠 속에 갇혀 있었다. 겁에 질린 동구가 골목 안으로 몸을 피했다. 그런데 그 그림자도 골목 안으로 동구를 따라왔다.

"동구야!"

동기 형이었다.

"형!"

동구가 와락 동기 형을 끌어안았다.

"야, 그만해. 숨 막혀. 너 너무하는 거 아니냐? 방고도는 잊은거야? 어째서 한 번을 안 찾아오냐?"

"형도 마찬가지네, 뭐. 방고도에서 안 나온 건 형도 마찬가지야."

"그래. 그동안 좀 바빴어. 상배 할아범이 하는 일을 내가 도맡아 하게 되었거든."

"와, 이제 형이 방고도 주인이 된 거야?"

"뭐. 그렇다고 할 수 있지. 그래서 온 거야. 너 방고도에 오고 싶으면 언제든 와도 된다고. 이제 상배 할아범 눈치 볼 필요 없다고 말해 주려고 왔어."

"잘됐다. 그런데 형, 나도 이곳에서 할 일이 많아."

"그럴 줄 알았다. 네 소식, 방고도에서도 소문이 났거든."

"정말?"

"다들 너를 한번 보고 싶어 해. 백정이 세상을 바꾸는 큰 일을 한다고 부러워하거든."

"그렇구나!"

"자식! 너 글 좀 안다고 우리 무시하는 거 아니지?"

"아니야, 형."

동구가 웃었다.

그날 저녁은 동기 형이 가져온 소고기로 필상과 함께 한 상 배부르게 먹고 내내 떠들다 잠이 들었다.

다음 날 동구는 동기 형을 배웅하고, 늦은 저녁이 되어서야 동기 형과 노느라 하지 못한 배달을 끝냈다. 저녁을 달게 먹고 선착장을 산책하는데 어둠 속에서 고양이 울음소리가 들렸다. 부두에 정박한 증기선이 너울거리는 파도에 흔들렸다. 약방 아저씨가 털북숭이 고양이와 가방을 들고 동구를 향해 걸어오고 있었다.

"아저씨, 배달할 물약이 있나요?"

동구가 고양이 털을 쓸며 물었다.

"경무국에서 냄새를 맡은 것 같아. 그래서 좀 피해 있으려고 한다."

"어디로 가시는데요?"

"배를 탈 생각이다. 중국에도 동지들이 있으니까."

"저도 저 배를 타고 나가 더 넓은 세상을 보고 싶어요. 그곳에서 더 많이 배워서 저처럼 글을 배우고 싶어 하는 아이들을 가르치고 싶어요."

동구가 주먹을 불끈 쥐었다. 동구를 지켜보던 아저씨가 동구의 머리를 쓰다듬어 주었다. 그러고는 가방에서 물약 상자를 꺼내어 동구에게 주었다.

"배달할 물약인가요?"

"아니다. 너에게 주는 선물이다. 답답할 때 마시렴. 속이 좀 풀릴 거다."

"이 귀한 걸 저한테도 주시는 거예요?"

"세상이 좀 조용해지면 나와 함께 저 배를 타자꾸나. 넓은 세상을 보고 네가 바라는 세상을 나와 함께 꾸며 보는 것도 나쁘지 않겠지."

아저씨가 웃었다. 그러고는 털북숭이 고양이와 함께 어둠 속으로 사라졌다. 동구는 아저씨와 고양이가 사라져 보이지 않을 때까지 그 자리에 붙박여 서 있었다.

약방 아저씨가 떠나고 난 뒤, 장터에서 파는 물약을 보면 동구는 약방 아저씨가 떠올랐다. 위험을 무릅쓰고 나라를 지키는 일에 힘썼던 아저씨. 어쩌면 지금도 마을 어딘가에 또 다른 약방 아저씨가 정체를 숨기고 있을지도 모를 일이다. 동구는 거리를 걷는 한 사람 한 사람이 예사롭게 보이지 않았다.

담배를 끊고 돈을 모으자고 시작했던 국채 보상 운동은 이후 널리 퍼져서 기생, 승려, 하인 할 것 없이 많은 조선인이 참여했다. 심지어 남의 물건을 빼앗기만 했던 도적 떼까지 몰래 돈을 전해 주고 갔다는 소문이 돌면서 나랏빚 갚기 운동은 들불처럼 퍼졌다. 동구는 그 모든 일들이 그저 꿈만 같았다. 천하다고 무시당하던 동구가 나라를 위한 큰 뜻을 품고 선봉에 선 것이다. 동구는 소희와 함께 밤에 문을 여는 야학에 다녔다. 그리고 자신과 비슷한 처지의 아이들을 데려와 같이 글을 배웠다. 아이들은 글을 통해 조금씩 생각이 깨어났다.

쌀집이 쉬는 날 동구는 오랫동안 찾지 않았던 방고도에 가기로 했다. 방고도를 찾는다는 소식에 야학에 다니는 아이들 몇이 따라가겠다고 고집을 부렸다. 섬 구경이 하고 싶은 것이다. 백정촌이라고 해도 개의치 않았다. 그중에는 소희도 있었다.

"실망해도 난 몰라."

동구는 육지와 다른 방고도의 모습을 보여 주려니 쑥스러웠다.

"걱정 마. 사람 사는 곳이잖아. 또 다른 볼거리가 있겠지."

소희가 활짝 웃었다.

방고도로 향하는 돛단배가 선착장에 닿았다. 아이들은 배를 타는 것만으로도 좋아서 어쩔 줄 몰라 했다. 방고도에는 이미 복상이 아이들을 위해 음식과 놀거리를 준비해 놓았다고 했다. 동기 형도 동구를 위해 재미있는 것들

을 준비하고 기다리고 있었다.

해변에서 물놀이를 하는 아이들을 뒤로하고 동구는 천천히 걸음을 옮겼다. 잔잔한 물결이 동구의 마음을 가만히 어루만져 주었다. 처음 배를 타고 섬을 떠났던 날을 떠올렸다. 바닷바람이 동구를 데려간 곳은 낯설지만 설레는 곳이었다. 그러나 변화무쌍한 바다는 늘 잔잔하게만 흐르지 않았다. 모진 풍랑을 만나기도 했지만 동구는 이겨 내고 새로운 바닷바람에 몸을 맡겼다. 이제 그 바람이 어디로 향할지는 동구 자신만이 알 터였다.

작가의 말

매일 아침 만나는 햇살은 따뜻한 것이면 좋겠다는 생각을 했습니다. 시대를 거슬러 역사 속 인물들에게도 똑같이 햇살이 비춰진다면 더할 나위 없이 좋겠다 생각했지요. 하지만 우리가 살고 있는 현실이 그리 녹록하지 않듯 우리 조상들이 겪었던 삶 속에도 모진 바람이 휘몰아쳤습니다. 그러나 어떤 어려움에도 한 걸음씩 세상을 향해 나아가다 보면 희망이라는 끈 하나가 눈앞에 나타나리라는 믿음이 있습니다.

개항기만큼 숨 가쁘게 흘렀던 시간이 또 있을까요? 하얀 연기를 내뿜으며 먼바다에서 찾아온 증기선에는 또 다른 세상이 있었지요. 그 세상은 낯섦이자 두려움이며, 동시에 설렘이었을 것입니다.

새로운 변화를 대하는 자세는 다 다를 것입니다. 외세의 강압에 사람들은 하나둘 잃는 것이 늘어 갔지만 그것이 불합리하고 공정하지 않다는 것을 알면서도 서로 눈치만 보고 입술을 깨물 수밖에 없었습니다. 나라가 힘이 없다는 것은 포기해야 할 것이 많아진다는 뜻이거든요. 하지만 그렇다고 좌절하고 포기한다면 이 세상의 아름다움을 볼 수 없겠지요.

우리 조상님들도 저와 같은 마음이었나 봅니다. 하나의 변화가 들불처럼 일어나 나랏빚을 갚자는 운동으로 전개되었으니까요. 그 속에서 백정이라는 신분 때문에 설움을 겪었던 백정의 아들 동구를 보았습니다. 글을 알고 싶었던 소망 때문에 방고도에서 쫓겨나듯 떠나왔지만 증기선이 가져다준 새로운 세상에서 자신이 생각했던 것보다 더 큰일을 해내게 되지요. 꿈이 있는 사람은 작은 나무에 꽃을 피우는 것에 만족하지 않고 더 큰 나무의 풍성한 잎사귀를 꿈꾸게 된답니다.

개항기 우리 조상들의 이야기를 가져와 배경을 만들고 이야기를 엮어 나갔지만 그 속에서 꿈을 가진 동구의 삶을 말해 주고 싶었습니다. 작은 꿈이든 큰 꿈이든 목표가 생기면 꿈이라는 희망 앞에 어떤 고난도 스스로 사라지고 말 테니까요.

그것이 나라를 위하는 일이라면 그 꿈은 더 원대해집니다. 우리는 어려운 시기에 더 많이 힘을 모았던 것 같아요. 일제에 저항하기 위해 국채 보상 운동을 시작한 일이나, IMF라는 경제적 어려움 속에 금 모으기 운동 같은 것들이 이루어진 걸 보면 말이지요.

이 책을 읽은 친구들이라면 동구처럼 작은 변화가 큰 변화를 이루는 것을 보고 한 번쯤 스스로뿐만 아니라 주변을 변화시킬 만큼의 굳건한 마음을 가지기를 바라 봅니다.

여러 편의 역사 동화를 쓰면서 조상들의 발자취를 더듬어 보는 일이 즐겁게 다가왔습니다. 역사는 현재의 거울이라는 말이 있지요. 그 흔적을 더듬어 인물들을 불러내는 일은 무엇보다도 보람 있었습니다.

어린 친구들이 역사 공부를 많이 했으면 좋겠습니다. 그리고 그 시대의 인물들이 어떤 삶을 살았는지 지금의 삶과 비추어 생각해 보고 배우는 일을 게을리 하지 않았으면 좋겠습니다.

2024년 11월
최미정

목일신아동문학상

한국의 아동문학가 은성(隱星) 목일신(1913~1986)은 전라남도 고흥에서 독립운동가이자 목사였던 아버지 목홍석의 아들로 태어났다. 일본어로 말하고 쓰게 하던 어린 시절, 아버지가 어린이 전문잡지를 사다주며 우리말로 글 쓰는 법을 가르치고 격려한 것이 목일신이 동시를 쓰는 배경이 되었다. 동요로 잘 알려진 〈자전거〉는 12살 때 쓴 것이다. 광주학생독립운동에 가담하여 투옥된 후 퇴학당하였고, 일제가 전시 동원 체제에서 문인들에게 친일을 강요하던 때 절필하였다. 일본 간사이 대학을 졸업한 후 35년간 순천여고, 목포여중, 이화여중고, 배화여중고에서 우리말과 제자들을 사랑하는 교육자로 재직했다. 〈자전거〉 〈아롱다롱 나비야〉 〈누가누가 잠자나〉 〈자장가〉 등 고향의 자연과 삶을 꾸밈없는 동심으로 표현한 400여 편의 동시와 수필, 노랫말을 남겼다. '목일신아동문학상'은 목일신의 문학 정신과 항일 정신을 계승하고 미래의 어린이들이 우리 국어로 쓰인 아름다운 글을 읽고 쓰며 맑고 평화로운 세상을 가꿔나가길 바라는 마음으로 2019년 재단법인 목일신문화재단과 목일신아동문학상운영위원회에서 제정하였다.

제6회 목일신아동문학상 수상작

별하약방 – 비밀스러운 심부름 ⓒ 최미정 · 홍선주, 2024

초판 1쇄 발행 2024년 11월 25일

글쓴이 · 최미정

그린이 · 홍선주

편집 · 박은덕 이소희 이수연

디자인 · 장승아 이지영

마케팅 · 이선규 김영민 이윤아 김한결 권오현

제작 · 권오철

펴낸이 · 권종택

펴낸곳 · (주)보림출판사

출판등록 · 제406-2003-049호

주소 · 10881 경기도 파주시 광인사길 88

전화 · 031-955-3456

팩스 · 031-955-3500

홈페이지 · www.borimpress.com

인스타그램 · @borimbook

ISBN 978-89-433-1766-9 73810

이 책은 저작권법에 따라 보호받는 저작물입니다.
이 책 내용의 일부나 전부를 옮겨 싣거나 다시 쓰려면 반드시
저작권자와 출판사 양쪽의 허락을 받아야 합니다.